スパダリ鬼上司にガッツリ捕獲されまして。

いきなり同棲♡甘々お試し婚

小出みき

Illustration
壱也

gabriella books

スパダリ鬼上司にガッツリ捕獲されまして。

いきなり同棲♡甘々お試し婚

contents

序章

「えぇっと……。こっちでいいんだよね……？」

地図アプリを表示させたスマートフォンの画面を覗《のぞ》き込《こ》み、江端紫音《えばたしおん》は不安げに眉を寄せた。

同僚や友人からいつも呆《あき》れられているのだが、壊滅的な方向音痴である紫音はアプリの見方を毎回間違う。

自分の位置を示すマークの前後をいつも読み違えてしまうのだ。

今回もしばらく逆方向に進んでからやっとおかしいと気付き、あっちこっちうろうろした挙げ句ようやく目当ての場所へたどり着いた。

「あー、もー、なんでいっつもこうなんだろう。やんなっちゃう」

はぁあと溜《た》め息《いき》をつき、紫音は肩を落とした。

物心つく前から迷子の常習犯で、遊園地に遊びに行けば必ず家族とはぐれて保護されたものだ。

方向音痴なのにやたら好奇心旺盛で、周囲のあれこれに気を取られやすいのがいけない。

それは二十六歳の立派（かどうかは怪しいが）な社会人となった今でも変わらない。

好奇心旺盛というより、単に気が散りやすいだけなのかも。

（そのせいでポカミスが多いんだわ）

固めた拳で頭をぐりぐりしながら紫音はまた溜め息をついた。

よりにもよって、そのポカミスをやらかすたびにブリザード並みの視線を送ってくる鬼上司に、これから会いに行かねばならないとは。

どよ〜んとした目付きで紫音はずらりと並んだ銀色の郵便受けを眺めた。

七階建ての小洒落《こじゃれ》た中層マンション。築年数はさほど経《た》っていないようだ。

メモしてきた住所と郵便受けの部屋番号を付き合わせ、確かに『月嶋《つきしま》』と出ていることを確認する。

７０１号室。ということは最上階か。

「……んっ？　なんで七階は７０１号室しかないんだろ？」

他の階は複数の郵便受けに番号が振ってあるのに。

「あっ、そうか。このマンション、階段みたいになってるから」

上層階ほど部屋数が少ない造りなのだ。

(それにしても一部屋しかないとか、どんだけ広い造りなのよ……)

紫音はげんなりした。さすが我が社の御曹司、お住まいもゴージャスですこと！

「はぁ。とにかく書類渡してさっさと帰ろっと。直帰《ちょっき》していいって言われたもんね。ノス・ラヴァのカフェでお茶して気分をアゲるんだ〜」

紫音はマンション入り口のガラス扉を開けてもらおうと、その脇に設置されたインターフォンで部屋番号を押した。

——反応なし。

「変だな……いるはずなのに」

もう一度押そうと指を伸ばすと、いきなり突慳貪《つっけんどん》な濁声《だみごえ》が返ってきた。

『はい？』

「あっ、あの、江端です。頼まれた書類、持ってきたんですけど……」

『……誰？』

「江端ですっ。上篠《かみじょう》さんが来られないので、代わりに書類持ってきました！」

『ああ……』

唸《うな》るような声が聞こえたかと思うと、ガラス扉が開く。

「失礼しま～す……」

ホールの受付から顔を出した壮年の男性管理人に会釈して、エレベーターに乗り込んだ。最上階まで上がって出るとホールの横手にシックな濃紺のスチールドアがあった。

通路の先にもうひとつ扉があるのが見える。

（あれ？　他にも部屋があるのかな）

郵便受けはなかったのに、と怪訝《けげん》に思いつつ呼び鈴を鳴らす。今度もまた反応があるまで時間がかかった。

紫音が上がってくることはわかっているはずだが……。

さっきの濁声を思い出して紫音は軽く身震いした。

あんな恫喝《どうかつ》めいた声を出すからには、よっぽど機嫌が悪いに違いない。普段なら紫音が何かやらかして叱責するときだってクールなイケボなのに。

ガチャ、といきなり開いた扉が危うく鼻にぶつかりそうになる。とっさにのけぞった紫音は、中からぬぅっと現われた人影にひくりと口許《くちもと》を引《ひ》き攣《つ》らせた。

「――すまん。面倒をかけた」

「し……室長……？　どうしたんですか⁉」

現われた上司の月嶋は、ひどい格好だった。

今日は在宅勤務だからたとえパジャマでもおかしくはないのだが、そういう意味ではなく……なんというか、ヨレヨレだったのだ。

まず、彼は和服姿だった。

それはいい。むしろ大変よろしいかと思う。申し分のないイケメンであることだし。

しかし襟元《えりもと》はだらしなく緩み、頭はボサボサで鳥の巣状態。顔色は青と赤の中間……というより土気色に近い。目は血走り、変に潤んでいる。

これならブリザードビームは照射できまいが、安心している場合ではなかった。

「ちょっと風邪気味でな……それで在宅にしたんだが」

濁声は凄《すご》んでいるのではなく、風邪のせいだったのか。

「ちょっとじゃなくて完全に風邪じゃないですか⁉　寝てなきゃダメですよ」

「仕事終わったら寝る。……それ」

よこせ、と億劫《おっくう》そうに手招かれる。

「で、でも、そんな状態で仕事しなくても……。そんな急ぎなんですか、これ」

「だから電話したんだ。その資料を見ないと提案書が仕上がらない」

不機嫌そうに月嶋は顔をしかめた。いつもなら紫音を急速冷凍させる冷ややかな目付きも、今日ばかりはてんで迫力がない。

思い切って紫音は言い返した。

「──その状態で、いい提案ができるとは思えません」

「なんだと」

ムッとしたように睨《にら》まれてたじろぐも、なんとか踏みとどまる。

弱っている相手に対し強気に出るなんて卑怯《ひきょう》だが、どう見ても彼は仕事ができる状態ではなかった。

「ちゃんと休んで、冴《さ》えた頭で書いたほうがいいに決まってます。そうしてください。無理して出来の悪いものを出したりしたらクライアントに失礼じゃないですか」

「おま……っ」

憤然と目を吊《つ》り上《あ》げた月嶋の目がぐるんと裏返ったかと思うと、白目を剥《む》いていきなり倒れかかってきた。

避ける暇もなくドスッと肩に重量がかかり、渾身《こんしん》の力で支えつつ紫音は悲鳴を上げた。

「室長⁉　室長、しっかりしてください！　室長〜〜っっ」

答えも反応もない。

やむなく紫音はヨロヨロしながら一八〇センチを越えるガタイのいい男を半ば担ぎ、半ば引きずるようにして室内に入ったのだった。

第一章　鬼上司の意外すぎる素顔

「――室長、まだいらしてないんですか？」

金曜日の朝。ふだんどおりに出勤してきた紫音は、無人の上司席を眺めてなんだか不思議な気がした。

いつも誰より早く出勤し、この時間ならすでに仕事を始めている月嶋孝仁《つきしまたかひと》の姿がない。

「今日は在宅勤務だって」

答えたのは上篠茜《あかね》。紫音より十歳ばかり年長の、副室長兼マネージャーを務めている。姐御肌《あねご》で面倒見がよく、新入りの紫音のこともよくフォローしてくれるありがたい人物だ。

「へぇ……。珍しいですね」

紫音が働いているこの会社は、正式名称を『株式会社月嶋家具』という。『家具のツキシマ』と言えば大抵の人が知っている、業界最大手の家具・インテリア製造販売会社だ。

そんな有名企業に新卒採用された時点で、紫音は一生分の運を使い果たしたと本気で思った。

ひょっとしたら系列のインテリアショップに併設されたカフェでアルバイトしていたのがプラスに働いたのかもしれない。

最初は総合営業部。それから配送センター勤務を経て現在の〈独自ブランド推進企画室〉に配属となった。

欠員が出て社内募集がかかり、ダメ元で応募したところ採用されたのだ。

運はまだ使い果たしていなかったらしい。

月嶋家具は江戸時代から和箪笥《わだんす》を作っていたという老舗《しにせ》で、現在も美術工芸的な価値の高い和箪笥を自社製造している。

昨今は国内よりも海外の富裕層に好まれ、欧米やアラブ諸国との取り引きが好調だ。

紫音が所属する企画室は国内向けの自社ブランドを多方面に展開している。

特に二十代から四十代くらいに人気の〈ノスタルジック・ラヴァーズ〉というレトロシックなカフェ併設のインテリアショップと、〈ナイフリッジ〉というクールな文具・雑貨のセレクトショップが業績を大きく伸ばしている。

そのふたつを立ち上げたのが室長の月嶋孝仁だ。名字でわかるとおり月嶋家具の御曹司で、企画室室長と常務を兼任している。

人気ブランドをふたつも立ち上げたくらいだから当然仕事はできる。ものすごくできる。

なんでも大学卒業後は自社とは関係ない外資系コンサルティング会社に入り、多くの会社の業績を向上させたのだとか。

実は月嶋家具は業界最大手とは言うものの長らく凋落《ちょうらく》傾向が続いていた。それが孝仁が常務となって戻ってくると一気に盛り返したというのだから、その手腕は並大抵のものではない。

しかし彼は業績が好転すると、あっさり経営からは手を引いて、自ら立ち上げた企画室の室長となった。

そのまま専務にでも副社長にでもなれたのに——実際、だいぶ慰留《いりゆう》されたのに——あっさり平社員になってしまったのだ。

今でも常務だから実際には平社員ではないが。

要するに毛並みがよく、イケメンで仕事ものすごくできるのに、いささか風変わりな人物……なのだった。

仕事ができるだけに部下への要求水準は高く、厳しい。加えて表情が薄く、ぶっきらぼうで、滅多《めった》なことではニコリともしない。彼が笑ったところを未《いま》だに紫音は見たことがなかった。

クールすぎるほどクールなイケメンで身長が一八五センチもあるものだから、とにかく威圧感がものすごい。一六二センチの紫音からすると、普通に見下ろされただけで圧倒され、固まってしまう。

ブリザードが吹き荒れるなか、堂々たる体躯《たいく》のホッキョクグマに仁王立ちで睥睨《へいげい》される幻影を何度見たことか……。

そんなわけで紫音は孝仁が苦手だった。もちろん、仕事のできる彼のことは尊敬している。尊敬してはいるのだが、あまり近寄りたくはない……というのが正直なところ。

仕事中、ふと視線を感じて目を遣《や》ると、険しい顔で睨まれていることが何度もあって、そのたびに泣きそうになった。

別に睨まれたからといって呼びつけられて注意されるわけでもなく、何故《なぜ》睨まれているのかは不明。

きっとトロくさい自分にイライラしているのだろう。

がんばってテキパキこなそうとすれば今度は妙に焦ってしまう。マグカップを落としたり(空でよかった)、書類をぶちまけたり、それこそ目も当てられない惨状になってすみませんすみませんと四方八方に詫《わ》びる羽目《はめ》になる。

上篠を始め企画室の同僚はみんないい人だから助かっているが……。

いや、孝仁が悪い人だというのではなく。パワハラもモラハラも、もちろんセクハラだってないし！

マグカップを落とした時は足元に転がっていったそれを拾って手渡してくれたし。気をつけろよ、とぶっきらぼうに言われただけで。

苦手ではあるが、彼の切り回す企画室で働けるのは嬉《うれ》しかった。何より紫音は〈ノスタルジック・ラヴァーズ〉というブランドが個人的に大大大好き！　なのだ。

学生時代にバイトしていたときは、そこに住みたいと本気で思ったくらい。今でも休日には都内に点在する支店のどこかでまったりするのが至福のひとときである。

ただ、人気が高まってかなり混むようになってきたのが嬉しい半面悩ましい。

（好きなブランドの生みの親の側で働けるなんて、すごく運がいいし、光栄なんだから。もっとがんばらないと！）

せめて睨まれないように……。

（――じゃ、志《こころざし》が低すぎるか）

苦笑しつつパソコンを立ち上げていると、オフィスのドアが開いて誰かが入ってきた。漂う強烈な香水の匂いで見なくてもわかる。秘書課の岡本《おかもと》だ。

「月嶋常務はまだいらしてないんですの？」

気取った声で尋ねられ、上篠がとぼけたように眉を上げる。

「今日は在宅勤務だそうですよ」

「え？　そんな連絡入ってませんけど」

「わたしのところにメールが入ってました」

岡本は不満そうに眉根を寄せた。

「困るわ、秘書であるわたくしに連絡していただかないと」

「とにかく今日は、室長は出社しません」

切り口上で上篠が返すと岡本はフンと鼻息をつき、ブランドのハイヒールを鳴らして出ていった。

「個人秘書でもないのにやかましいんだから」

上篠はうんざり顔で椅子の背にもたれた。

孝仁は常務でもあるから役員秘書が付いて当然ではある。しかし役員としての仕事よりも企画室長としての仕事がメインなので、付いているのは複数の役員を担当するグループ秘書だ。

岡本は他の役員も数名担当しているのに、孝仁だけを露骨に特別扱いしている。

御曹司の孝仁はいずれ社長になることが確実視されているため、特別扱いもある程度は当然……と思われているのか、他の役員から表立った苦情は出ていないようだが。

「やっぱり玉《たま》の輿《こし》狙いですかね～」

のんびりとした声が隣の席から上がった。

佐藤由加里《さとうゆかり》といって紫音よりひとつ年上の二十七歳。取引先との縁故で月嶋家具に入社したらしいが、いかにもお嬢様然とした見た目にそぐわず仕事が早い。タイピングも速い。

のほほ〜んとした顔で超高速タッチタイピングをしている様はなかなか見物である。

速打ちなのにミスがほとんどないのも羨ましい。紫音は変換間違いの達人《たつじん》で、確認に回すと必ずと言っていいほど読んだ同僚がブハッと噴き出すのだ。

それも孝仁に睨まれる一因かもしれない。

「でしょうね。あんな露骨にアピールするのはどうかと思うけど」

上篠が応じると、由加里はハーフアップにしてバレッタで留めた髪を揺らしながら含み笑った。

「どうせ無駄なのに。ねぇ？　紫音ちゃん」

「はぁ。そうなんですか？」

確かに岡本がどんなにしなを作ろうと孝仁は全然取り合わない。それはもういっそ清々《すがすが》しいほど。

「やっだー。紫音ちゃんたら、にっぶーい」

「悪かったですね！　鈍いのは室長のほうかもしれないじゃないですか。岡本さんのアピールに気付いてないとかっ」

「それはないな」

ニヤニヤしながら加わったのは今井《いまい》だ。企画室に四人いる男性社員のなかでは一番若い三十二歳。それでも室長よりひとつ年上だ。

そう、孝仁は男性陣では一番若いのである。

そして唯一の独身者。正確にはもうひとりバツイチの独身がいるが、彼の出勤時間はもっと後だ。

月嶋家具はフレックスタイム制を取っており、現在オフィスにいるのは女三人、男ひとり。通常なら室長を含めて五人で仕事を始める。

「室長はわかってて無視してるんだよ。面倒くさいからさ」

したり顔で今井は続けた。

「でも岡本さんて美人じゃないですか？　香水はキツすぎるけど」

紫音が言うと今井は目を瞠《みは》り、何故だかしみじみと嘆息した。

「ほんと江端は鈍いなぁ」

「はぁ⁉　なんなんですかっ、おふたりとも！」

「まぁまぁ、そう怒るなって。ほら、アメやるからさ」

「子どもじゃないんですけどっ」

プンスカしながらも、紫音は差し出されたのど飴《あめ》をしっかり受け取っていた。

「ほらほら、小学生みたいに騒いでないで。仕事仕事」

「はーい」

上篠の号令に、由加里がそれこそ小学生みたいないいお返事をした。

ちら、と紫音は空いた室長席を横目で見た。

（鬼の居ぬ間に洗濯……ってやつかな、今日は）

サボるつもりはないがブリザードに遭《あ》う心配はなさそうだ。明日は土曜日だし、少なくとも三日は警戒しなくていい。そう思うだけで気が楽になった。

紫音は上機嫌で仕事を始めた。


異変が生じたのは、昼休みも終わって終業まであと一息というタイミングだった。

パソコン画面を見ながら上篠が何やらブツブツ言い始める。

「どうかしました？　何かトラブルでも？」

由加里が尋ねると上篠は首を振った。

「室長からのメール。プロジェクトの資料、持ってきてほしいって。困ったな、わたしこれから打ち合わせなのよね。──今井くん。室長の家、知ってるよね」

「すんません、俺もこれから出るとこなんですよ」

「あ、ホテルの件か。今日だっけ。原田《はらだ》くんも森吉《もりよし》さんも予定が入ってるし……」

時間差で出勤してきたふたりの男性社員がすまなそうに頷《うなず》く。

原田は三十三歳、森吉は三十八歳だが見た目はもっと若く見える。四十歳で一番年長の須藤《すどう》は、出勤してすぐ取引先へ行ってしまった。

うーん、と眉間にしわを寄せた上篠が、ひょいと紫音を見る。

「仕方ないな。江端さん、悪いけどお願いできる？」

「わたしですか⁉」

企画室では紫音が一番の下っ端。頼まれればイヤとは言えない。言えないが……。

(ホッキョクグマの住処《すみか》に行くの～⁉)

えええええ……。

せっかくブリザードを避けられたと思ったのに～。

「急ぎの仕事ないよね？　だったらそのまま直帰していいから」

それは嬉しい。資料届けるだけだし、だったらいいかと引き受けることにした。

どっちにしても新米で下っ端の自分が行かされることになるんだろうし、それで早引けさせてもらえるならありがたい。

(帰りにノス・ラヴァのカフェ寄っていこーっと)

終業時間前ならそんなに混んでいないはずだ。

室長の住所と最寄《もよ》り駅を聞き、出してもらった資料を紙袋に詰めると、急ぎ足で紫音はオフィスを出た。

（――それがまさか、こんなことになろうとは）

紫音はどうにかこうにか孝仁をソファに運び、額の汗をぬぐって溜め息をついた。

初めての場所では大抵迷うとおり、今回もやっぱり散々迷った挙げ句ようやく目指すマンションにたどり着いた。さっさと資料を渡して帰ろう！　と決意していたが、孝仁が病気とわかったからには放って帰るのも気が引ける。

むろんカフェに寄るどころではない。

（どうしよう……）

紫音はおそるおそる室内を見回した。紫音の住まいである独身者向け１Ｋより広いのは当然として、実家の一階を全部ぶち抜いたよりもさらに広い。

三十代に入ったばかりでこんなところに住んでいるんだから、やっぱり御曹司なんだなぁと感心してしまう。

（救急車呼んだほうがいいかな……？）

ソファにぐったりもたれた孝仁を思案しながら眺める。和服をまとった彼は合わせがゆるんで鎖骨が見えてしまっていた。

ドキッとして慌てて背中を向ける。

(ま、まさか室長が和服派だったとは意外！)

似合う……けど、今は困る！　いろいろと困る！

やはり自分の手には余る。救急車呼ぼう。

決意した紫音は、背後から聞こえてきた異音に振り向いた。目を閉じたままソファの背に凭《もた》れていた孝仁の身体が少しずつ傾《かし》いでいる。

あれよと言う間にずるずると倒れ込み、ソファの肘掛けにゴツッと頭がぶつかった。

「うっ……」

顔をしかめて呻《うめ》く孝仁に、紫音は慌てて駆け寄った。

「室長！　大丈夫ですか⁉」

彼は頭をさすりながら目を眇《すが》めた。

「江端……？　なんでおまえがここにいるんだ」

「資料をお持ちしたんです」

「資料……」

「上篠さんにメールで頼んだでしょう？　上篠さんの都合がつかなくて、代わりにわたしが持ってきました」

「……ああ」

やっと合点がいったふうに頷き、孝仁は大儀そうに座り直した。

「すまん。どうも頭がフラフラして……」

「熱があるんですよ。風邪引いたんです。薬飲みました？」

「眠くなるから飲んでない」

「今は寝るべきです！」

「急ぎなんだよ。今日中に出さないと変更が間に合わない」

「だからって……。ちょ、室長、どこ行くんですか⁉」

よろよろと立ち上がった孝仁の後を、紫音は慌てて追いかけた。

彼は書類で散らかったダイニングテーブルでパソコンに向かったものの、大きくふらついてキーボードの上に倒れ込みそうになる。

とっさに紫音はノートパソコンを掴《つか》んで取りのけた。書きかけのファイルは難を逃れ、その代わりに孝仁がテーブルに顔面を打ちつける。

ゴン！　とすごい音がした。

「～～～～」

「ああっ、すみません！」

イケメンの鼻が潰れちゃったらどうしよう⁉　賠償問題だわ！

紫音がノートパソコンを掲げ持ったままあわあわしていると、地鳴りのような呻き声とともに孝仁が顔を上げ、痛そうに額をさすった。

カッコいい鼻は無事だったようでとりあえず安堵《あんど》する。

「いかん……眩暈《めまい》が……」

「だから寝てくださいってば！　もう無理ですよ！　今から会社に戻って、みんなでなんとかしますから室長は寝てください！」

「俺の担当だから俺がやらないと。これを出さねば死んでも死に切れん……」

「そんな大げさな！　なにもひとりで抱え込まなくたっていいじゃないですかっ」

「じゃあ、代わりにおまえがやれ」

血走った目で見据えられ、紫音はひくりと顔を引き攣らせた。

「……わ、わかりました。どうすればいいんですか」

「雛型《ひながた》は……作ってある……」

紫音は椅子をひとつ引き寄せ、パソコン画面に向かった。持参した資料を広げ、孝仁の指示を仰ぎながら抜けているデータを入れていく。

「こ、これでいいんでしょうか……？」

パソコン画面を示すと、孝仁は息苦しそうな顔でじーっと画面を見つめ、頷いた。

「……これでいい。送信しろ」

熱で朦朧《もうろう》とした孝仁は何か見落としているかもしれない。送信をためらう紫音を、彼は億劫そうに促した。

「大丈夫だ。ミスがあれば俺が責任をとる」

そしてエンターキーにかかっていた紫音の指に自分の指を重ね、ぐいと押した。

送信完了。

固まっていた紫音は、孝仁がテーブルにばたりと突っ伏して我に返った。

「室長⁉　こんなところで寝ちゃだめですって！　しっかりしてくださーいっ、寝室はどこですかっ」

紫音はふたたび孝仁に肩を貸し、力をふりしぼってどうにかこうにか寝室へ運び入れた。

四苦八苦してベッドに押し込み、薬箱の在《あ》り処《か》を聞き出して解熱剤を飲ませる。

バスルームでタオルを探し、氷水で絞って額に載せた。孝仁は溜め息をついて、むにゃむにゃと何か呟《つぶや》いた。気持ちいいと言ったらしい。

帰るに帰れず紫音は看病を続けた。

何度もタオルを冷水で絞り直しては額に載せるうち、解熱剤が効いてきたのか次第に呼吸が穏やかになり、顔色もよくなってきた。

おそるおそる頬《ほお》に触れてみれば、さっきよりだいぶ火照《ほて》りが収まったようだ。

またタオルを絞って額に載せると、眠っているとばかり思っていた孝仁が目を開けてぼんやりと紫音を見た。

「ご気分はどうですか？　薬、効いてきたみたいだから大丈夫ですよ」

紫音の声に彼は不思議そうな顔で瞬《まばた》きして、うっすら微笑《ほほえ》んだ。

（わ、笑った⁉）

うわー、室長が笑ったの初めて見たー！　と感動？　感激？　していると、彼は手を伸ばして紫音の頭をぽんぽんと撫《な》でた。

「心配するなって、ユキ……。俺は大丈夫だよ……」

ひどく気安げに言ったかと思うと、思わぬ力でぐいと引き寄せられ、唇が重なっていた。

「⁉　⁉　⁉」

「ユキ……は、ほんとに、かわいいなぁ……」

にっこりと笑った彼は、気がつけばすやすやと寝息を立てている。

紫音は呆然《ぼうぜん》とベッド脇に座り込んだ。

「ユキ……？　……誰……っ⁉」

っていうか、キス……された……⁉

二十六歳にして初めてのキスが、これなんて！

（わたしのファーストキス〜〜〜‼）

あまりにあんまりじゃない……⁉

二十六にもなったんだから惜しむようなものじゃないかもしれないけど！

しかし熱で朦朧としたホッキョクグマ——もとい鬼上司に、誰かと間違えられて奪われるなんて。いくらなんでもひどすぎる。

紫音は落ち着いた寝息を立てる孝仁を睨み、放っといて帰ってしまおうか、それとも正気に戻ったところで厳重抗議すべきかと決めかねていた。

＊　＊　＊

翌朝。カーテンの隙間から射《さ》し込む日の光で、月嶋孝仁は目覚めた。

「朝か……」

熱は引いただろうか。発熱なんて何年ぶりだろう。

むくりと起き上がると、掛け布団の上にぽとりとタオルが落ちる。

熱冷ましだろうが、どうも覚えがない。

首を傾げた彼は、ベッドのかたわらにひとりの女性が横たわっていることに気付いて飛び上がりそうになった。

（え、江端⁉　なんで江端が家《うち》に……⁉）

「――――あっ」

そうだ。昨日、江端が訪ねて来たのだった。上篠に頼んだ資料を持って。

（確か……江端に仕事を手伝わせて……）

その辺まではおぼろげながら記憶がある。しかし、なんで江端が自分の寝室で床に直寝しているのか、わけがわからない。

（看病してくれた……のか？）

水を張った洗面器、濡《ぬ》れタオル。蓋の開いた薬箱、出しっぱなしの体温計。フローリングの床に転がって、ぐっすり寝込んでいる江端……。

彼女が夜っぴて付き添ってくれたのは明白だ。

（いくら六月といっても、そんな格好で寝てたら風邪ひくだろ⁉）

いや、ひょっとして俺がうつしたかも⁉　と反射的に口を押さえる。

そーっと顔を覗き込み、具合が悪そうな感じはない、とホッとした。

せめて何かかけようとして、このまま床に寝かせておくのはどうなんだと思い直す。意を決し、とりあえず着物の襟をきっちり正してから、そっと肩を揺すった。

「江端、起きろ」

「……ぅうーん……」

深く寝入っていたわけではないらしく（床に直寝してたら当然だ）、彼女はすぐに目を覚ました。ぼんやり目をこすり、見下ろしている孝仁に気付くなりガバッと跳ね起きて悲鳴を上げる。

「あいたたたっ」

「床に直寝なんてするからだ。いや、看病してくれたんだよな、すまない」

頭を下げると彼女は慌てて両手を振った。

「い、いえ！　それよりお加減はいかがですか」

「ああ、もう大丈夫だ」

「よかった。それじゃ、わたしは失礼しますね。どうぞゆっくり休んで——」

「待て！　このまま返すわけにはいかん」

「へっ⁉」

目を丸くする彼女を見ると、ぎゅっと心臓を鷲掴《わしづか》みにされた気がした。

（やっぱり似てる。かわいいあいつに……）

社内募集の応募書類に添付された写真を見た瞬間、似てる！　と心が踊った。いや、けっしてそれだけの理由で採用したわけではないが。断じてないぞ！

が、やはりついつい視線が向いてしまい、ハッとして表情を引き締めれば今度は引き締めすぎて仏頂面になり、気付いた彼女を怯《おび》えさせてしまう。

申し訳ないと思いつつ同じことを何度も繰り返し、すっかり怖がられてしまったのは実に不本意だ。

ごほんっ、と孝仁は咳払《せきばら》いした。

「床で直寝してたから身体が痛いだろう。風呂に入ってほぐすといい。今すぐ用意する。大丈夫、バスルームには鍵がかかるから心配しなくていい」

「いえ、あの、それより室長が入ったほうがいいのでは？　ずいぶん汗もかいたでしょうし……」

「すまん！　汗くさかったな」

「いえっ、そういう意味ではなくてですね！」

焦る彼女はますますかわいい。頭をぐりぐり撫で回したくなって困る。それはまずい。セクハラになってしまう。

「……なら、俺はザッとシャワーを浴びるから、江端はその後ゆっくり風呂に入ってくれ。そのまま帰られると俺も困る。つまり、その……服装や髪が、ちょっとな」

「はぅあ！」

悲鳴を上げて紫音は寝癖のついた髪をビタッと押さえた。

「確かにわたしも困ります！」

「だろう？　だから風呂に浸《つ》かって、服装を整えてから清々と帰宅してもらいたい」

「正々堂々と、ですね！」

「……うん、まぁな。俺がシャワーを浴びてるあいだリビングでくつろいでてくれ。腹も減ってるだろうから、キッチンにあるもの好きに食っていいぞ。冷蔵庫でもなんでも開けてくれてかまわない。コーヒー飲みたければ——」

「あ、はい。淹《い》れておきますね」

「じゃなくて、好きに飲んでいいと言っている」

「はぁ」

「ともかくシャワー浴びてくるから」

困惑しつつ気後れしたような笑みを浮かべる紫音にまたもや心臓を鷲掴まれた気分になって、孝仁はそそくさとバスルームへ向かった。

＊　＊　＊

「はぁ～、極楽～」

広いバスタブに浸かり、紫音は至福の溜め息をついた。

ジャグジー付きのバスタブは背の高い孝仁が悠々と寝そべれるくらい広々している。シャワーブースは別で、ガラス扉のついたトイレもあった。

まるでホテルみたいだ。ちなみにトイレは別にもうひとつある。

「絶対ここ、家族向け物件だよね」

家賃いくらするんだろ？　さすが我が社の御曹司、完全に別世界の人だわ。

改めて考えれば上司の自宅で風呂に浸かっているというのはだいぶおかしな情況だ。しかし断って帰るには正直身体が痛かった。やはりフローリングでゴロ寝などするものではない。

言われたとおりバスルームの入り口には鍵をかけたが、孝仁のようなハイパーイケメンが自分ごとき十人並みを襲うとは思えないので心配はしていない。

フレグランス過多だが誰が見ても美人の岡本を平然と無視するくらいだ。飽き飽きするほどモテまくっているはず。

お言葉に甘えてハーブ入りバスソルトとジャグジーも使わせてもらい、存分に入浴を楽しんだ。下着の替えがないのは残念だが仕方がない。真夏のように汗をかいたわけじゃないし。

化粧品《けしょう》はいつも持ち歩いている小さなポーチに入っている。試供品の化粧水と乳液もあった。身支度を整え、その辺をさっと整理してバスルームを出る。

「お風呂、ありがとうございました……」

リビングへ入りながら声をかけると、繋《つな》がっているキッチンから応答があった。

「身体はほぐれたか」

「――――あ、はい。もう大丈夫です」

我に返って紫音は頷いた。孝仁は昨日とは違うが相変わらず和服姿で、たすき掛けにエプロンをつけていたのだ。

（なんか眼福《がんぷく》……）

料理人さんみたいだなぁ、と感心してしまう。

「そこ、座ってて」

示されたダイニングテーブルに紫音はおずおずと腰掛けた。昨夜は書類が散乱していたが、今はきれいに片づいている。

「……あの。室長、何してるんですか？」

「何って、朝メシ。ついでに食ってけ。さっき江端がおかゆセットしといたって言ってただろう？　それだけじゃなんだから、ありあわせのものでおかずを」

「そんな、わたしがやりますよ！　室長は座っててください。熱がぶり返したら困るでしょ」

「もう平気だって。俺、もともと丈夫なんだ。昨日は鬼の霍乱《かくらん》ってやつ」

孝仁はハハッと笑った。

（自分で言いますか、それ……。っていうか、室長が笑ってる⁉）

オフィスではいつもクールな無表情なのに、自宅だと全然違うんだ……。

ますます感心して孝仁の後ろ姿を眺める。

孝仁がシャワーを浴びている間、なんとなくキッチンをうろうろしていた紫音は、炊飯器を見ておかゆを炊いておこうと思い付いた。孝仁は昨日からろくに食べていないはず。

いくつか棚を覗いて無洗米を発見し、ちょうど仕掛け終わった頃に孝仁がシャワーを終え、頭を拭きながらキッチンへやって来た。

風呂に湯を溜めてるから、と言われ、おかゆをセットしておいたと告げて入れ代わりにバスルームへ向かったのだ。

ゆっくり風呂に浸かっている間におかゆも炊きあがり、作りたての出汁巻《だしま》き卵と焼き海苔《やきのり》、さっと炙《あぶ》った一夜乾《ぼ》しまで出てきて驚いた。

「えっ、これ室長が作ったんですか⁉」

「干物は市販品だ」

「でも出汁巻き卵は」

「今、作ってただろ」

「そ、そうですね。うわぁ、すごい。売ってるのみたいにきれい」

「慣れれば簡単だよ」

「上手な人はそう言うんですよー」

紫音は嬉々《きき》として出汁巻き卵を口に運んだ。作りたての出汁巻き卵は、ふわふわでほんのり甘い。

「んー、美味《おい》しい！　わたし、出汁巻き卵好きなんです。特に甘いほうが」

「そりゃよかった」

孝仁が微笑み、紫音はドキドキした。

（笑うと全然印象違う！）

オフィスではブリザードを従えたホッキョクグマなのに。

「江端の作ったおかゆも美味《うま》いぞ」

「わたしはお米と水をセットしただけで、作ったのは高級炊飯器さんですよ」

「そっか」

「室長、おうちでは和服なんですね。意外です」

「楽だからな」

「お似合いです」

「そうか？」

照れたように微笑む孝仁は、オフィスとは完全に別人だ。ひょっとしたら発熱の影響が残っているのかも？

食べ終えた食器を食洗機に入れ、コーヒーを飲む。

「昨日は色々とすまなかった」

改まった表情で詫びられ、紫音は焦った。

「そんな。別に大したことはしてません」

「いや、自宅まで資料を持ってこさせた上、一晩中看病までさせてしまった。本当に申し訳ない」

謹厳な面持ちで頭を下げられればこちらの背筋まで思わず伸びてしまう。

「解熱剤で落ち着いたみたいだけど、もしも夜中に急変したら……と思って。——やっぱりご家族に連絡したほうがよかったでしょうか」

「いや、されないでよかった。それこそ『鬼の霍乱』と揃《そろ》って爆笑されてしまう」

ずいぶんドライな家族だ。これまた意外。江戸時代創業の老舗企業の経営者一族と聞いて漠然とハイソでセレブなイメージを持っていたのだが。連絡すれば執事とかがすっ飛んでくるものと。

「今日明日は無理しないでゆっくり休んでくださいね」

「そうするよ。江端のおかげで仕事も区切りがついたしな」

そう言われてにわかに心配になった。

「あれ、大丈夫でしょうか。わたしまた変な誤変換してるかも。桁数間違えたとか……」

「そういうことはなかったと思うが。もし何かあったとしても江端に責任はない。俺が無理に手伝わせたんだし」

「そんなに急ぎだったんですか？」

「他に同じ物件狙ってる社があってな。場所的にもすごくいいところだし、うちとしてはぜひ押さえたいんだ」

「室長が担当してるのって……新規のレストランですよね。完全予約制の、隠れ家的な」

『隠れ家』は〈ノスタルジック・ラヴァーズ〉ブランドのメインコンセプトのひとつだ。最初に始めたカフェがメジャーになりすぎた感があり、別業態の展開を模索している。

孝仁は頷いた。

「シェフも何人かピックアップして打診しているところだ」

「楽しみです。絶対素敵なお店になりますよ。居ついちゃいたいくらい。本当ですよ！　カフェだって、そう言ってるお客さん何人も見ました」

「うん、だからインテリアや小物なんかも実際に買えるようにしてるわけだ」

〈ノスタルジック・ラヴァーズ〉は最初はカフェとして人気が出たが、本来はツキシマのインテリアショップに併設されたものだ。

現在は備品（家具・照明からスリッパ・タオル・文房具まで）がすべて購入できるホテルやレンタルオフィス、アトリエ等を運営しており、撮影スタジオとしてもよく使われている。

「実はノス・ラヴァのホテル、この前こっそり泊まりに行ったんですよ。そのまま住みたいくらい素敵でした！」

「住んでる人もいるぞ」

「わたしには無理ですよ～」

ある程度懐に余裕のある人たちをターゲットにしているので、宿泊料金はけっこうお高め設定なのだ。それでも週末はほぼ満室。セカンドハウス代わりにしている人もけっこういるらしい。

紫音はふとリビングを見回した。

「室長のお宅はノス・ラヴァとは全然雰囲気違いますね。機能的というか……」

「越してきた時のままだからな。収納が多いから別に家具を入れなくても不自由ないし」

「どっちかというと〈ナイフリッジ〉の雰囲気ですね」

「そうかもな。あれは俺の趣味もだいぶ入ってる」

頷いてふと壁の時計を見ると、九時を少し過ぎたところだった。

「わたしそろそろ帰りますね。室長はゆっくり休んでください。仕事とか始めちゃダメですよ」

「わかってるよ」

孝仁は苦笑してエレベーターホールまで送ってくれた。といっても玄関のすぐ隣だ。七階にはやっぱり一部屋しかなく、通路の先に見えるドアは裏口だそうだ。

「それじゃ、失礼します」

エレベーターが上ってきて、会釈して乗り込む。微笑して軽く手を振る孝仁の姿が閉まる扉の向こうに消えた。

一階まで下りた紫音は、陽射《ひざ》しの中を爽やかな気分で歩きだした。

「室長とコミュニケーションとれてよかった～！」

一時はどうなることかと焦ったが。仕事はできるが怖い人――というのは単なる思い込みだったらしい。

とりあえず、家に戻って昼寝しよう。

ご機嫌で歩いていく紫音の姿を七階の通路から孝仁がじっと見下ろしていることに、本人はまるで気付かなかった。


週明け。出勤した紫音は室長席にすでに孝仁の姿があることに気付いてドキッとした。いつもの光景なのに、思いがけず目にした和服姿が思い浮かんでどぎまぎしてしまう。

「おはようございま～す……」

普段どおりを心がけつつ入っていくと、居合わせた同僚が挨拶を返してくる。ちらと目を上げた孝仁は冷蔵庫並みのクールなイケボで「おはよう」と応じた。

（……うん、いつもどおりだね！）

心の中で嘆息しつつ席に着く。いきなり愛想がよくなるわけないか。

ともかく元気そうで何より。風邪はもう全快したようだ。珍しい経験をさせてもらったと思うことにしよう。ハイパーイケメンの和服姿も見られたし。それも寝乱れて鎖骨が覗いてるやつ。

いやいやいや、鎖骨は置いといて！

とにかく鬼室長も人間なのだということが実感できたのはいいことだ。これからはブリザードビームを浴びせられても、仁王立ちのホッキョクグマの前で凍りつくタテゴトアザラシみたいにはならずにすむ、はず！

始業後すぐ、例によって強烈な香水の匂いを振りまきながら秘書の岡本がやって来た。

「おはようございます、月嶋常務」

「ああ、おはよう」

岡本は完璧なメークでにっこりと媚笑《びしょう》を浮かべたが、孝仁はパソコン画面から目も上げない。

これでこそウチの室長よ、と変に紫音は納得した。

岡本はぴくりと口許を引き攣らせたものの、どうにか笑顔を保って続けた。

「本日は十時より役員会ですので、お忘れなきよう」

「わかってるから大丈夫だよ」

「金曜は在宅勤務なさったそうですね。まずは秘書であるわたくしに連絡していただきたかったですわ」

「役員の仕事が入ってなかったから、うちのマネージャーに連絡しておけばいいと思ったんだ」

それを受けて上篠が心持ち顎を上げる。

「緊急会議が入る場合もございますので」

「わかった。これからは気を付ける」

孝仁は視線を上げ、面倒くさそうに頷いた。

ここぞとばかりに岡本はにっこりと魅惑的な（と彼女が思っているであろう）笑みを浮かべて会釈し、ランウェイを行進するモデルのごとき足取りで去っていった。

（毎度つれなくされてるのに懲りないなぁ……）

感心しつつ、景品でもらったうちわをバサバサ振って強烈な残り香を追い払っていると、由加里が無邪気な声を上げた。

「室長。岡本さんの香水、どう思います？」

「どうって……顔を見なくても誰だかわかっていいんじゃないか」

そっけない答えに、ブッと今井が噴き出す。

「ですよね～」

のほほんと頷き、由加里は何故か紫音にウィンクしてみせた。上篠は笑いを噛《か》み殺《ころ》したような変な顔をしている。

なんなんだろ……と首を傾げつつ、紫音は仕事を始めたのだった。


昼休み、由加里と一緒に外でランチを摂《と》った紫音は、ひとりで会社に戻ってきた。帰りしな、由加里が友人とばったり出くわしてお喋《しゃべ》りを始めたので、先にひとりで帰ることにした。

オフィスにいたのは孝仁だけだった。いつも必ずひとりは残ることになっていて、今日は孝仁の順番だったのだ。

ちらと視線を向けられ、反射的に顔をこわばらせつつ黙って会釈する。

孝仁が苦手な紫音は、こういう情況だとそれとなく席を外し、他の社員が帰ってくるのを待つことにしていた。

看病したことで苦手意識はいくらか薄らいだけれど、孝仁のほうも同じだとは限らない。今朝だって、いつもと寸分変わらぬクールな態度だったし。

バッグを足元の棚に置いてそーっと抜け出そうとすると、いきなり呼び止められた。

「江端」

「はいっ⁉」

条件反射でビクッとしゃちこばると、孝仁は軽く目を瞠り、ついで眉間にしわを寄せた。

「何故そんなに驚く」

「す、すみません。ついクセで……」

「……なんともないか？」

「えっ、何がですか？」

「体調だ。看病させて、風邪をうつしたんじゃないかと心配でな」

落ち着かなげに顔をこする孝仁を、紫音はぽかんと眺めた。

「だ、大丈夫です。なんともありません」

「本当か？」

「はい。熱もないですし、だるさとかも特には。あの後、家に帰って昼過ぎまでぐっすり寝ましたから」

孝仁はホッとした顔になった。

「そうか。よかった。ずっと気になってたんだ」

「わたしも丈夫な質なので、お気になさらず。それより室長はどうなんですか？　本当に治りました？」

「ああ。江端が看病してくれたおかげでな」

「わたしはおでこにタオル載っけただけですって」

照れて返すと孝仁は首を振った。

「いや、江端が来てくれて本当に助かったよ。ありがとう。すまん、ちゃんと礼を言ってなかった」

「別に大したことしてませんよ」

「何かお礼をしたいんだが……何がいい？　ノス・ラヴァの家具が好きなんだよな。欲しいものがあれば贈るぞ」

「へっ⁉　そんな、滅相もない」

紫音は手を突き出し、ぶるぶるかぶりを振った。〈ノスタルジック・ラヴァーズ〉の家具はデザインが素敵なだけでなく素材や造りもしっかりしているから、それなりに値が張るのだ。小さなキャビネットだって七万くらいする。

「遠慮することないぞ。社員割引で買える」

「それはそうですが、本当にお気遣いなく……」

一晩風邪の看病したくらいでお礼に家具などもらってはもらいすぎだ。

「しかしな」

「素敵なお風呂も貸していただきましたし。あっ、あと出汁巻き卵！　とっても美味しかったです」

「あれは床にゴロ寝させた詫びだ」

「う〜……」

それじゃ、ブリザードビームやめてもらえます⁉　と言いかけたところで、同僚たちがドヤドヤと連れ立って戻ってきた。

途端に孝仁の顔はクールな鬼室長に戻ってしまう。紫音もまた何事もなかったように仕事に戻りながら、ノス・ラヴァの家具もらっとけばよかったかなぁ……などとゲンキンにも考えてしまった。

あの住まいを見れば彼が裕福なのは一目瞭然。そもそも彼は月嶋家具の御曹司だ。自社製品ならタダで手に入るのかもしれない。

（さもしいぞ、わたし！　好きなものを自分の稼いだお金で買ってこそ達成感があるんじゃない）

自分に言い聞かせながら紫音は仕事に励んだ。なるべく室長席を見ないようにして――。

「それじゃ、お先に失礼します」

「お疲れ〜」

終業時間を迎え、紫音は由加里たちと連れ立ってオフィスを出た。

フレックスタイム制なので、遅く出社した社員はまだ残っている。三人いる女性社員は全員同じ時間に早出しており、退社時間も一緒だ。

室長の孝仁はちょうど不在だった。ちょっとだけもやっとした気分でロッカールームに入る。

子どものいる上篠は、急いで保育園へ迎えに行った。由加里は近くのスポーツクラブに寄っていくのが日課だ。

「じゃ、また明日」

手を振って由加里と別れ、エントランスを出た紫音は、歩道まで行き着かないうちにぎくりと足を止めた。

二人組の男が近寄ってくる。ひとりは表情に乏しい痩せた黒いスーツ姿の中年、もうひとりはいかにもチンピラ風の若者だ。

「よぉ。紫音ちゃん、だっけ？」

馴《な》れ馴れしくチンピラ風が呼びかける。

「な、なんですか。ここで何してるんですか⁉」

「もちろん、紫音ちゃんを待ってたのよ～。早いとこカネ返してもらいたくてさぁ」

聞こえよがしにチンピラ風が声を張り上げ、焦って紫音は周囲を見回した。

「こ、ここでは困ります」

やむなくふたりを促してビルの前を離れる。

「紫音ちゃん、月嶋家具の社員なんだってねぇ。大企業じゃゃん」

相変わらず若いチンピラは大声を上げ、頰の削《そ》げた黒服の中年は黙りこくっている。

いつのまに会社を調べられたのだろう。彼らが実家にやってきた時は父が対応し、紫音は母と別室にいたのに。

街路樹の植わった喫煙スペース。今は誰もいない。そこで紫音は二人組と対峙《たいじ》した。

「せめて利息分だけでも返してもらわないとさぁ。うちとしても困るわけよ」

「この前、父が返したはずです」

「全然たりねーんだよ」

いきなりチンピラ風が凄んだ。

「あんた、兄貴の借金いくらあるか知ってんの？　三千万だぜ」

「さ、三千万⁉　そんなに⁉」

紫音は仰天した。

父はそんなこと言ってなかった。なんとかなるから大丈夫、心配するな、と……。

「それがさらに毎日増えてるわけよ。利息でね。定年間近の親父《おやじ》さんだけじゃ、完済はちょーっと難しいんじゃないかなぁ？　そこで紫音ちゃんからも返してもらいたいと思ってさぁ」

「い、いくらですか」

「そーね。とりあえず五百万ってとこかな」

「そんなお金ないですよ！」

なけなしの貯金をはたいても、やっと半分かそこらだ。

「だったら作ってもらおうか」

それまで黙っていた黒服の中年が、ぼそりと言った。目を細め、値踏みするようにじろじろと紫音の全身を眺める。

「ご面相も体つきもたいしたことないが、若けりゃそれなりに稼げるだろう。さっそく今夜からだ」

「ちょ、ちょっと！　そんなの困りますッ」

「困ってんのはこっちなんだよ」

凄んだチンピラの背後から、突然冷たい声が聞こえてきた。

「そのくらいにしておきたまえ。きみたちのしていることは完全に違法だぞ。通報されたくなければおとなしく引き上げることだ」

「なんだと」

見得《みえ》を切るかのようにぐるんと大仰なしぐさでチンピラが振り向く。冷然とした面持ちで佇《たたず》んでいたのは月嶋孝仁だった。

「なんだ、てめえ。通行人は引っ込んでな」

（室長……!?）

「私は彼女の上司だ」

「へぇ、そうかよ。だったら部下の借金立て替えてもらおうじゃないの」

「彼女の借金なのか？」

「兄貴のさ。借りられるだけ借りまくってトンズラしやがった」

「彼女は保証人になっているのか？」

「保証人は親父だよ。その親父にカネがねえから娘ンとこ来たんだろうが。家具のツキシマっていやぁ大企業だからな」

「彼女は勤続年数の短い一般社員だから、さほど高額な給料は出ていない」

「だから夜のアルバイト紹介するっつってんだろ！」

「あいにく我が社は雇用関係の掛け持ちを認めていなくてね」

「るっせーな！　引っ込んでろよ、あんちゃん。さもないとせっかくのイケメンが――あぁあ!?」

恫喝が情けない悲鳴に一変する。指を突きつけて凄んだところを、手首を取られてひねり上げられたのだ。

「いでぇ！　いでぇって！　ひぎぃっ」

体格的に孝仁のほうが優《まさ》っているのは確かだが、彼は何か武道の心得でもあるらしく、ジタバタあがくチンピラを涼しい顔で押さえ込んでいる。

さらに彼は片手でスマートフォンを取り出し、押し黙っている黒服の中年に目を遣った。

「きみたちのしていることは貸金業法違反どころか完全に恐喝罪にあたる。警察に通報するが、かまわないかね？」

頬の削げた黒服男は、陰気な目付きで孝仁を眺め、肩を竦《すく》めた。

「……帰るぞ、ヤス」

「ま、待って兄貴」

もがきながら情けない声を上げたチンピラは、いきなり孝仁が手を離したので大きくよろめいた。

「このっ……覚えてやがれ！」

目を血走らせて男が怒鳴ると、孝仁は平然とスマートフォンをかざしてパシャッとシャッターを切った。

「覚えておくのが面倒だから写真を撮った」

「――ヤス！」

わめきかけた手下を黒服男がドスのきいた声で叱咤《しった》する。竦み上がったチンピラは悔しげに顔をゆがめて『クソッタレ』と怒鳴り、すでに背中を向けて歩きだしていた兄貴分の後を急いで追いかけていった。

「……大丈夫か？」

気が緩んだのか、ふらついた紫音に急いで孝仁が歩み寄る。

「は、はい……。すみません、変なところ見られちゃった。――でも、どうして室長がここに……？」

「しつこいと思われるかもしれないが、やっぱり何か礼をしたくてな。せめて何か好きなものでも奢《おご》らせてもらえないかと追いかけてきた。間に合ってよかったよ」

「た、助かりました」

「家に帰るならタクシーで送ろう。それともどこかで一杯飲んでくか？」

「何か飲みたいかも……」

頷いて孝仁は紫音の肩に軽く手を添えて歩道に戻った。

ほどなく通りがかった空車表示のタクシーを止めて乗り込む。孝仁は都心にある有名ホテルの名を伝えた。

紫音は未だショックで頭が回らず、やっと正気に帰ったときにはホテルの高層階にあるおしゃれなバーで、暮れなずむ夕景を孝仁と並んで眺めていたのだった。

第二章　鬼上司の突然すぎる求婚《プロポーズ》

「──はっ。わたし、何してるんでしょう⁉」

「何って……カクテル飲んでるんだろ？」

とまどって孝仁が眉根を寄せる。

「そうでした……」

はぁ、と溜め息をつき、がっくりうなだれる。

いつのまにか頼んでいたカクテルは、窓の外に広がる夕暮れに似た綺麗《きれい》なオレンジとパープルだ。

「大丈夫か？　よほど怖かったみたいだな」

「こ、怖かったですよ！　いきなりあんな、ヤクザみたいな人に脅されて……」

はぁあ〜とさらに深い溜め息をついて頭を抱える。

まだ時間の早い店内は客もまばらだ。ふたりが案内されたのは窓際の角席で、ガラス越しの展望が広がっている。

「大体のところは見当つくんだが……。よかったら話してくれないか」

遠慮がちに促され、紫音はためらいながら頷いた。

「兄が借金を作っちゃって――」

紫音の兄、博之《ひろゆき》は二十九歳で、大学時代から起業に興味を持っていた。最初に立ち上げた会社がたまたま上手《うま》く行ったのが、かえってよくなかったらしい。

「その会社が高く売れて調子に乗っちゃったんですね。それからは会社を興《おこ》しては潰し……。そのたびに借金が増えて」

それでも次で挽回《ばんかい》できると信じて起業を続けた。あるいは意地になっていたのかもしれない。

「埋没《サンク》コストだな。投資した金額や時間が回収不能になってるのに、それを惜しんで投資を続けてしまう。結果、損失が膨れ上がるわけだ。自分の失敗を認めたくないという心理も働く」

「そのとおりだと思います。兄は小さい頃から負けず嫌いでしたから」

「借金のことは江端も知ってたのか？」

「借金があるということは、はい。……でも、借入金なんてどこでもあるんだって言われて、そんなものかと思ってました。銀行とか、ちゃんとした金融機関から借りてると思ってたし……まさかあんなヤクザから借りてるなんて」

「銀行の審査が通らなくなって、街金で借りるようになったんだな。それもだんだん難しくなって、いわゆる闇金に手を出してしまったんだろう」

「でも三千万ですよ⁉」

「闇金は十日で三割とか平気で取るからな。最初は少額でもあっというまに膨らむよ」

「トイチというのは聞いたことありますけど、今は三割なんですか……」

思わずカクテルを呷《あお》り、ショックかアルコールのせいかクラクラする。

「酒ばかり飲むと悪酔いするぞ。なんか食べたほうがいい。ここ、食事もできるから」

孝仁は指を軽く振ってウェイターを呼び、メニューを持ってこさせた。

「好きなの頼め。看病してくれた礼だ」

「あんなの、さっきのでチャラですよぉ」

「いいから。ほら、コース仕立てのもあるぞ。アミューズからデザートまでついてる。メインのサンドウィッチは二種類から選べるって」

「ああ、どっちも美味しそう……」

結局、勧められたコースを取ることにした。おつまみコースになっているが、かなりボリュームのある全六品だ。

ワインやカクテルを飲みながら、兄への怨《うら》み節も交えてあれこれ喋った。

「お兄ちゃん、もう死んじゃってるのかも。もう一年くらい全然姿を見てないんですよ～」

「ご両親には連絡してるんだろう？」

「電話では喋ってるみたいですけど～。借金ったって、こんなにすごいとは思ってなかったんですよ、わたし。お父さんが保証人になってて、返せるから大丈夫って言うの鵜呑《うの》みにしちゃったわたしもいけないんですよねぇぇ。休日にカフェでまったりとかしてる場合じゃなかったんだわ。もー、お父さんたら、ちゃんと言ってくれればいいのに～」

「心配かけたくなかったんだろう。それに江端には兄の借金を返す義務なんてないんだから」

「そりゃそうかもしれませんけどぉ、家族なんだし、放ってはおけませんよ～。貯金はたくしかないかなぁ。

あー、ノス・ラヴァの素敵なソファ買いたかったな～。ホテルにも連泊したかったよぉ」

「うちの製品なら先日の礼に俺が買ってやるって」

「ダメれす！」

だいぶ呂律《ろれつ》の回らなくなった口調で紫音は断固主張した。

「自分で買ってこその達成感なんれすからっ」

「そうか。偉いな」

頭をぽんぽんされ、えへへと緩んだ笑みを浮かべる。相当酔っぱらってきたが、すでに自覚がない。

「しつちょ～、このハンバーグサンド、めちゃウマです！　さっすが黒毛和牛は違いますね～」

「それはよかった」

機嫌よさそうに孝仁が微笑む。

酔いに任せて紫音は本音をぶちまけた。

「しつちょーも笑うんれすねー。びっくりしましたよー」

「そりゃ楽しけりゃ笑うさ」

「今は楽しいれすかー」

「ああ、楽しい」

「えへへ、よかったぁ。わらしのこと、あんま睨まないでくらさいねー。がんばりますからー」

「江端はがんばってるよ」

「れも、よく睨んでるれしょー。ブリザードビームで、いっつも凍死ですー」

「ブリザード……？」

「しつちょー、ホッキョクグマみたいに、ぐあーって。アザラシなわらしは瞬間冷凍れすよー。ぴっきーん、って！」

「……俺はホッキョクグマなのか？」

ショックを受けた孝仁は真剣に悩み始めたが、酔いの回った紫音はすっかりご満悦でけらけら笑っている。

「しつちょーが本当は人間だってわかってよかったれす！」

「うん……。元から人間だぞ、俺は。……つか、クマなのか俺。ヒグマとかツキノワグマよりはマシだと喜ぶべきか……？」

「しつちょー、和服もお似合いれすしねー。あれも意外れした！　とっても格好い～い」

「やれやれ。やっと普通に褒められたぞ」

「和服の似合うハイパーイケメン御曹司！　なんかドラマに出てきそう～」

「気に入ったか」

「はーい。とっても眼福でした！　また見たいな～なんて！」

「江端なら見に来ていいぞ。美味い出汁巻き卵を作ってやる」

「ぅわぁ！　ほんとれすか⁉　嬉しい～」

……などと、キャッキャしながら美味しいお酒と食事を楽しんでいるところでふつりと記憶は途切れ。

気がつくとスマホの目覚ましアラームが鳴っていた。


「ぅうーん……」

いつものように画面をタップしてスヌーズして、いつものようにうとうとと短い二度寝に入った紫音だったが、何かが脳裏で稲妻のごとく閃《ひらめ》き飛び起きた。

「んんん……⁉」

自宅1Kのベッドで、服を着たままだ。上着は着ていないが、後は昨日出社したときと同じ格好。

「……えーと。いつ帰ってきたんだっけ……？」

真剣に頭を絞って昨日の出来事を時系列に並べてみる。

仕事は普通だった。ブリザードにも遭わなかったし。

……ブリザード？

（——あっ、そうだ！　帰りにお兄ちゃんの借金を取り立てに来たヤクザに絡まれて、室長に助けてもらったんだった！）

それからホテルのバーに行って、お酒と食事をご馳走《ちそう》になって。

それからどうしたっけ……？

うーんと首を傾げたところでスヌーズしていたアラームが鳴り出した。

「後で考えよう！　それより着替え！　あっと、その前にシャワー！」

バタバタと服を脱ぎ散らかし、紫音は狭いバスルームに駆け込んだ。

熱いシャワーを浴びるとだいぶ頭がしゃっきりした。

身支度を整え、オレンジジュースでも飲むかと冷蔵庫を開けると、ラップをかけたお皿に目が留《と》まった。

「……なんだっけ、これ？」

取り出してみると、それは適度に切り分けられた出汁巻き卵だった。作った覚えも買った覚えもないが、この美味しそうな造形には見覚えがある。

（ま、まさか室長が作ってくれた……⁉）

ということは、当然この部屋に彼が入ってきたわけで。皿を持ったままあわあわと周囲を見回したが、それらしき痕跡はなかった。流しもきちんと片づいている。

もう一度冷蔵庫を開けると確かに卵の数は記憶よりも減っていた。

「……ま、まぁいいわ。せっかくだからいただきます！」

冷蔵庫に入っていたので当然ながら冷たかったが、ほんのりした甘さと食感はまさに数日前に孝仁が作ってくれたものだ。

半分は夕飯用に取っておこうと冷蔵庫に戻した。玄関でパンプスを履いていると、スチールドアの内側にふせんが張ってあることに気付いた。

『カギは郵便箱』

走り書きされたそれは、書類の注意書きで見慣れた孝仁のものだ。ドアにはチェーンがかかっていなかった。

紫音はシューズボックスに入れてある合い鍵で戸締りをして部屋を出た。一階の郵便箱には確かに鍵が入っていた。

紫音は顔を赤らめ、鍵をぎゅっと握りしめると足早に駅へと歩きだした。

＊　＊　＊

時間は少し遡り、前日の夜。

孝仁はすっかりへべれけになった紫音をタクシーで自宅まで送り届けた。

「ほら、着いたぞ」

肩にもたれて舟をこいでいた紫音をそっと揺すると、彼女は朦朧と頭を振った。

「あー……。すみません、お手数おかけして……」

よろよろと降りる姿が危なっかしくて気が気でない。

そそくさと支払いを済ませ、孝仁もタクシーを降りた。

紫音を送り届け、ついでに自宅まで乗っていくつもりだったのだが、この状態では無事に自分の部屋までたどり着けるかどうか甚《はなは》だ心もとない。

終電までには余裕のあることだし、タクシーは返すことにして、ふらふら歩いていく紫音の後を急いで追った。

「おい、大丈夫か、江端」

「らいじょーぶれすって〜。今日は、ごちそうさまれした〜。おやしゅみなさ〜い」

深々とお辞儀をした紫音が、そのまま前のめりに倒れ込みそうになるのを慌てて支える。

「全然大丈夫じゃない！　掴まれ、ほらっ」

「しゅみましぇ〜ん」

「参ったな。そんなに飲ませたつもりはないんだが。――おい、部屋は何階だ？」

「三階の……三〇二……」

半分寝ぼけたような紫音をほとんど抱きかかえるようにして階段を上る。

「――ここだな。着いたぞ、江端。ほら、鍵を出せ」

「う〜……」

紫音はふらふらしながらバッグを探り、鍵を取り出した。

ドアを開けてやり、紫音を中に入れながら玄関の電灯を点《つ》ける。

「ちゃんと鍵かけるんだぞ」

「はい～。ども、ありがとございました～。楽しかったれす～」

えへへ～、とゆるみきった笑みを浮かべると紫音はぺこりと頭を下げた。ぱたんとドアが閉まる。鍵をかける音は聞こえず、代わりにドタッと何か倒れた音がして、慌てて孝仁はノブを掴んだ。

「江端⁉　おい、大丈夫か⁉」

玄関の上がり口に、靴を履いたままの紫音が倒れていた。揺すってみたが、むにゃむにゃと意味不明の呟きが洩《も》れるだけで、完全に寝入ってしまっている。

「どうするよ、これ……」

孝仁は頭を掻《か》いた。当然このまま放って帰るわけにはいかない。やむなく玄関に上がり、紫音の靴を脱がせて抱え上げた。

玄関を上がってすぐ左側がユニットバスで、その先のキッチンを抜けた八畳間が唯一の部屋だ。

片方の壁際に寄せてパイプベッドが置かれ、明るい木目のフローリングにラグマットとローテーブルが置かれている。

どうにか上着だけは脱がせてベッドに寝かせ、孝仁はふぅと溜め息をついた。

ウーンと唸った紫音がごそごそ寝返りを打ち、枕を抱え込む。目を覚ます気配はなく、ぐっすりと熟睡していた。

孝仁はラグに胡座《あぐら》をかき、ローテーブルに肘をついてしげしげと紫音の寝顔を眺めた。

(……酔っぱらってもかわいいな)

紫音の寝顔を見るのはこれで二度目だが、やっぱりかわいい。眠っているとますますあいつに似て見える。

つい撫でたくなり、うっかり伸ばした手を慌てて引っ込めた。

(いや、寝てるんだからちょっとくらいならいいか……?)

そーっと頭を撫でると、紫音は吐息を洩らしながら枕に顔を埋めるようにして身体を丸めた。そのしぐさにまたまた胸がきゅんとして、くぁあと身悶《みもだ》えてしまう。

(いかん! これではまるで変態だ!)

気を落ち着かせようと室内を見回すと、あちこちに見覚えのあるものが置かれていた。〈ノスタルジック・ラヴァーズ〉のフロアライトやカゴなどの雑貨。天井から下がるペンダントライト。このラグやローテーブルもそうだし、よく見ればコンセントカバーまで替えてある。

ふ、っと孝仁は笑みをこぼした。

(本当に好きなんだな……)

自分が立ち上げたブランドの製品を、実際に生活に取り入れている様子を見るのは初めてだ。

ノス・ラヴァのホテルではすべてブランド内の商品で内装を行なっているが、カタログ的に美しくはあっても、こうして個人の好みでアレンジされた配置を見るのは楽しく、嬉しいものだ。

紫音が企画室の欠員補充に応募してきたとき、添付された写真にハッとした。どこがどうとは言えないのだが、パッと見ものすごく似て見えたのだ。

それがあったからこそ応募書類を熟読玩味《じゅくどくがんみ》する気になったと言える。

募集期間が短かったにもかかわらず応募はたくさんあった。中にはベテラン社員も複数いて、彼らを採用すれば即戦力として期待できただろう。

だが、〈ノスタルジック・ラヴァーズ〉というブランドへの思いを買い手側の目線から熱意を込めて綴《つづ》ってきたのは紫音だけだ。他は如何《いか》にしてターゲットを開拓するか、売り込むかという分析や提案ばかりだった。

もちろんそれは会社として必要なことだが、買い手側の素朴な視点があってもいいと孝仁は思っていた。

紫音は学生時代、できたばかりの〈ノスタルジック・ラヴァーズ〉のカフェ部門でアルバイトをしていた。それも最初は客として何気なく立ち寄り、ノス・ラヴァの世界観に魅せられてアルバイトを始めたという。いわば最初期からの『ファン』である。

紫音は応募書類の指定欄からはみ出すほど熱心に、商品の使い勝手や要望を書き込んでいた。提案ではなく、あくまで使う側の要望というスタンスなのがおもしろかった。

社員というより一ファンが熱心に書き綴ったファンレターみたいだった。

悪く言えば素人くさかったが、有り余るほどの熱意と愛着が伝わってきた。それで彼女を採用することにしたのだ。

現在の企画室員にブランドへの愛着が欠けているというわけではない。愛着も誇りも、もちろんある。

だがそれはあくまで作る側としてのものだ。立案者である自分も含め、どうしても供給側の目線になってしまう。

だからひとりくらいは逆の視点から見る人間がいてもいい、いたほうがいいと思ったのだ。

（素人まるだしの質問をしたかと思えば、こっちがハッとするような指摘をしたりするんだよな）

それもまるで無自覚に。

他の室員もそれに気付くと見方が変わった。今や紫音は〈ノスタルジック・ラヴァーズ〉の熱烈な『ファン』目線を持つ人物として、企画室内である意味尊敬されている。

（それも本人はまるで気付いてないんだからな……）

その天然っぽいところがまたかわいがられる要因なのだが、これまた全然わかっていない。

とにかく紫音が加わって企画室の雰囲気はずいぶん和やかになった。

ちょっと抜けてるところもかわいい。この前のイベントの企画書では『週末』を全部『終末』と誤変換していた。偶然にもそれがまた妙にセカイ系の小説みたいな味わいがあって、全員で感心してしまった。

本人は真っ赤になって半泣きで詫びていたが。

そのおかげで〈ノスタルジック・ラヴァーズ〉のコンセプトにふさわしい新ラインナップが生まれ、カタログ小冊子の構成にも取り入れられた。

毎度ノス・ラヴァのカタログは読み物としても人気があるのだが、今回の『きみと、最後まで。』というタイトルをつけたものはあっというまにはけてしまって増刷したくらいだ。

紫音はそれを自分の功績とは全然思っておらず、ＳＮＳでタグのついた写真を集めたＷＥＢページや店頭に置くリーフレット作りなどに熱心に取り組んでいる。このリーフレットもすぐなくなるので、紫音には広報の才能があるのかもしれない。

(ぽや〜っとしてるかと思えば、堂々と正論を吐いたりもするしな)

発熱を押して仕事をしようとする孝仁に、紫音はきっぱりと苦言を呈した。その状態で、いい提案ができるとは思えません、と。

逆上《のぼ》せていた頭に冷水をかけられたような気がした。

ぼんやり紫音の寝顔に見とれていた孝仁は、ふと我に返って顔を赤らめた。

(そ、そうだ。何も江端の顔が気に入ったというだけで採用したわけじゃない)

あいつを思い出させる顔立ちが気に入ったのは確かだが、決してそれだけが採用理由ではない。絶対ないぞ!

孝仁はそわそわと腰を浮かした。

そろそろ帰らねば。このまま寝顔に見とれて眠り込んだりしたら、目を覚ました彼女をびっくりさせてしまう。

そっと立ち上がり、寝息を確かめてから室内灯のスイッチを切った。忍び足でキッチンを通り抜けようとして、ふと冷蔵庫に目が留まる。

ごくありきたりの白いツードア冷蔵庫には、〈ノスタルジック・ラヴァーズ〉の冷蔵庫の写真が留められていた。カタログから切り取った写真だ。ノス・ラヴァは某家電ブランドとタイアップして、冷蔵庫やトースター、コーヒーポットなども作っている。

冷蔵庫はけっこう値段が張るので、いずれ買いたいと写真を貼り付けているのだろう。思わず笑みをこぼし、孝仁はふと思い付いた。

（看病してくれた礼に出汁巻き卵を作ったら、美味いと喜んでたっけな）

あのときの笑顔を思い出し、また作ってやりたくなる。

そっと冷蔵庫を開けると、パックから出した状態のままほとんど使っていない卵が並んでいた。心の中で詫びつつ抽斗《ひきだし》などを確かめたところ、必要な材料は揃っているようだ。

（これなら作れるが……頼まれもしないのに勝手に作るというのはどうなんだ？）

引き返して紫音の寝顔を見下ろしながらしばし考え、これまでの彼女の言動から察するに怒らせることにはならないだろうと判断する。

孝仁は物音を忍ばせながら調理に取りかかった。

＊　＊　＊

紫音は遅刻することなく出社し、平穏無事にその日は過ぎていった。

挨拶に応じた孝仁の様子もいつもどおり。視線の温度が若干上昇したような気がしなくもないが、単なる気のせいかもしれない。

昨夜の顛末《てんまつ》を質《ただ》したいけれど、訊《き》くのが怖くもあった。社用メールで尋ねようかとも考えたが、万が一間違えて一斉送信とかしてしまったら取り返しがつかない。

悶々《もんもん》としていたせいかいつにも増して珍妙な誤変換をしてしまい、思わぬ笑いを取ってしまった。ブリザードビームに晒《さら》されずに済んだことがせめてもの救いだ。

そのまま終業時間となり、ロッカールームでスマホを見てSMSが入っていることに初めて気付いた。

仕事中は着信音を切ってある。送信元は月嶋孝仁。文面は会議室の番号と、『終業後に』とあるだけだ。

そういえば緊急連絡用にスマホの電話番号は提出してあるのだった。

(そうか。番号さえわかればSMSは送れるんだった)

それならSMSでお礼とお詫びをしておけばよかった。

「どうかしたの、紫音ちゃん。彼氏からのメッセージ？」

からかうように由加里に言われ、慌てて首を振る。

「ち、違いますよ。友だちからです」

「照れちゃってー」

「本当に違いますってば」

友だちからでもないけど！

「由加里さん、今日もジムですか」

「うん。コーチがすっごく格好いいんだー。ゴリゴリなの」

「ゴリ……？」

「イケメンゴリラなのよ〜。元は体操選手でね、腕なんか丸太みたいで見とれちゃう」

うふふっと由加里は笑い、じゃーねと大きく手を振って足取り軽くロッカールームを出ていった。由加里の好みは筋骨逞《たくま》しいマッチョタイプらしい。ちょっと意外。

紫音はＳＭＳをもう一度見直し、そわそわしながらいつもと違うエレベーターに向かった。指定された会議室は役員フロアにある。

誰かに見られたらどうしよう？　別に悪いことしてるわけじゃないけど。正直に月嶋室長に呼ばれましたと答えればいい。彼は常務でもあるから、役員フロアの会議室を自由に使える。

誰にも見とがめられることなく紫音は指定された会議室の前までやってきた。

おそるおそるノックすると、『どうぞ』と孝仁の声が中から返ってくる。

「失礼しまーす……」

十二畳ほどの会議室の中央には重厚な趣のＵ字型テーブルがあり、肘掛け付きの革張りチェアがずらりと並んでいた。足元には毛足の長い絨毯《じゅうたん》が敷きつめられ、天井にはプロジェクターが取り付けられている。

普通なら紫音ごとき下っ端社員が足を踏み入れることなど決してない、重役用の会議室だ。

「終業後に呼び出したりして悪かったな」

紫音は我に返ってかぶりを振った。

「い、いえ……」

窓際に軽くもたれて孝仁が佇んでいた。上着は脱いで手近な椅子の背にかけ、センスのいいネクタイをゆるめて襟を開いている。

ふと、乱れた和服の襟元を思い出し、どぎまぎしてしまう。

「まぁ、座れ」

「ありがとうございます」

自ら椅子を引き出して勧められ、紫音は緊張しながら腰を下ろした。孝仁も隣の椅子に腰掛け、U字型テーブルの中央で向き合う格好になる。

「あ、あの。昨夜はご迷惑をおかけしたようで……すみませんでした」

「迷惑?」

「うちまで送ってくださったんですよね」

「かなり酔っぱらってたからな。ひとりで帰らせるのは危険と判断した」

「すみません……」

羞恥に顔が熱くなり、うつむいてしまう。

「部屋に入るのを見届けて引き上げようとしたんだが……中からすごい音が聞こえてきてな」

「えっ」

「慌ててドアを開けてみると、上がり口に突っ伏して寝てた」

「ひ〜……」

「ひょっとして江端、いつも床で寝てるのか?」

「んなわけないでしょ、ちゃんとベッドで寝てますよっ」

疑わしげに問われ、紫音はむきになって言い返した。

「まぁ、それは冗談だが。そのままにしておくわけにもいかないので、担ぎ上げてベッドに寝かせた。上着は脱がせたが、それ以上は何もしてないぞ」

「わ、わかってます。……でもあの、だ、出汁巻き卵……作ってくださったんですよね……？」

おそるおそる尋ねると、孝仁の顔がサッと赤くなった。

「すまん。勝手なことをした」

「いえ！　美味しかったです。今朝半分いただいて、残りは夕飯のおかずにします。いろいろとお気遣いいただいて……ほんとすみませんでした」

「いや、別に大したことは」

していない……と口に手をやりながらもごもごと孝仁は呟いた。

なんとなく気まずい沈黙が落ちる。

「そ、そうだ。わざわざ来てもらったのはそのことじゃなくて」

「は、はい。なんでしょうか。──あっ⁉　ひょっとしてわたしがお手伝いした書類、間違ってました⁉」

「いや、あれはＯＫだ。問題ない」

「よかった……」

ホッと胸をなで下ろす。実はけっこう気になっていたのだ。

「そうではなく、借金の件だ。江端の兄さんが作った」

「あ……」

そういえば昨日、お酒の勢いも借りて洗いざらい喋ってしまった気がする。だいぶ酔いが回っていたので正確なことは覚えていないが……。

「あれな。とりあえず俺が代わりに返済しておくから」

「へっ……⁉」

唖然《あぜん》として紫音は孝仁を見返した。

「代わりにって……三千万ですよ⁉」

「そのくらい出しても困らないくらいの蓄えはある」

あっさり言われてさらに呆気《あっけ》に取られる。

（そりゃ、お金はいっぱい持ってそうだけど！）

いくらなんでも三千万を肩代わりしてもらうなんて。

「ご、ご厚意はありがたいですけど、それはあまりに申し訳なく……」

「ぐずぐずしてると利息が増えるだけだぞ。かなり違法なところから借りてるようだから、そこは専門の弁護士に依頼して交渉してもらうとして、一度きちんと債務整理しておいたほうがいい。すでに過払い金が発生しているかもしれない」

「でも、そんなことまで室長にお願いするのは」

「俺は上司だぞ。困っている部下の手助けをするのは当然だ」

「仕事と関係ないですし！」

「関係なくはない。上の空になって仕事でミスされたら会社に大きな損害を与える可能性もある」

生真面目な顔で言われれば、確かにそうかもと冷や汗が出た。

「江端のポカミスが億単位の損失に繋がったらどうするんだ」

「わたしの担当してる案件でそんな損失が出るとは思えません！　大体わたしは皆さんの補助業務がメインで、プロジェクトを任されたりしてないじゃないですかっ」

「江端のミスが気になって俺がミスをしたら大損害は確実だな」

「そんな屁理屈《へりくつ》……っ」

なんだか脅されてるみたいなんですけど⁉

「バタフライ効果《エフェクト》というのを知ってるか」

「はぁ？」

「カオス理論の寓意《ぐうい》的な言い換えだ。ブラジルで一匹の蝶《ちょう》が羽ばたけば、テキサスで竜巻が起こるかもしれない。つまり、ボーッとした江端がボールペンの発注ミスをすれば、我が企画室の成績が急降下し、江端の好きな〈ノスタルジック・ラヴァーズ〉というブランドが消える――かもしれないということだ」

それこそカオスだ。わけがわからない。

「……室長。何がなんでも借金の肩代わりをしたがってるように思えるんですが」

「看病してもらった礼をしたいだけだ。俺は借りを作ったままにしておけない性分でね」

「お礼ならすでに充分すぎるほどいただきましたから！　美味しい朝ごはんとコーヒーをごちそうになったし、ヤクザを追い払ってもらったし、高級ホテルのバーでお酒とディナーをごちそうしてもらって、自宅に送ってもらって、寝かせてくれて、出汁巻き卵を作りおきしてもらいましたので！　どう考えても室長の赤字です。大赤字ですよ⁉」

　指折り数えながら紫音は力説した。

「いや、俺の黒字だ。江端のおかげで命長らえたんだからな」

「……本気で言ってるんですか、それ」

「むろん本気だ」

　これ以上ないほど真面目な顔できっぱり断言され、紫音は絶句してがくりと肩を落とした。

　たかだか風邪で寝込んだところを看病しただけなのに。

（無理……。言い負かすのは無理……）

　いいじゃないか、肩代わりしてもらいなよ、と頭の中で悪魔が囁《ささや》く。ツキシマの御曹司で大金持ちなんだ。三千万なんて三万円くらいの感覚なのさ。

（三万円だって大金よ～！）

　根っから庶民の感覚で、紫音の中の天使が言い返す。

「……両親に相談してみませんと」

「そうだな。ではさっそく相談に行こう」

「へっ⁉」

せめて考える時間を、と思ったのに～！

「ほら、行くぞ」

「ちょ、待ってください、室長！」

妙に嬉しそうに会議室を出て行く孝仁を慌てて追いかける。廊下に出た紫音は辺りを漂う甘ったるい香りにふと眉をひそめた。

（これって……？）

「江端。早く来い」

「は、はい」

深く考える暇もなく、急いで紫音は孝仁の後に従った。


ビルの地下駐車場に停《と》めてあった孝仁の車に乗り込み、カーナビに住所を入れて発進。到着予定は約一時間後だ。

「室長、車通勤だったんですね」

「まぁ、大体。電車で来ることもあるけど」

「直通で二駅ですもんね～」

先日訪ねた時のことを思い出して羨ましくなる。

紫音の自宅は途中で乗り換えなければならず、けっこう面倒くさい。会社に近いところだと駅から遠かったり家賃が高すぎたりして、条件に合う物件が見つからなかったのだ。

会社に近く、かつだだっ広い孝仁の自宅の家賃はとんでもない額に違いないという確信がますます強まる。

ちょっと意外だったのは、孝仁の車がかなりごついデザインの大型オフロード車だったことだ。

「室長がこういう趣味とは思いませんでした」

「何、車のこと？」

「はい。なんというか、ＳＵＶにしてももっとスマートな車に乗ってそうな感じだったんですけど」

「いろいろ積めて便利だからな」

振り向いて後ろを見ると、リアシートの後ろには広い荷室があって、何かよくわからないギアが積んである。テントか何かだろうか。

今はそれどころじゃない、と紫音は体勢を戻して横目で孝仁を見た。

「……しつこいようですけど、本気なんですか？　三千万ですよ」

「一億くらいならすぐ用意できるから心配するな」

座っているのにグラッと眩暈がした。

（だめだ、この人。金銭感覚がセレブすぎる……）

そう考えれば〈ノスタルジック・ラヴァーズ〉や〈ナイフリッジ〉の価格設定は彼にとっては格安なのかもしれない。

いいよ、もう。たかが三千万ぽっち、借りちゃいなよー。頭の中の天使もすでに投げやりモードだ。

道路はそろそろ混み始めていたが、孝仁の運転技術か高性能カーナビのおかげか、渋滞に嵌《は》まることなく紫音の実家に到着した。

父が車を処分したので車庫は空いているが、あまり広くはない。ぎりぎりで大型オフロード車は入ったものの、片側に寄せないといけなかったので紫音は先に降りて外で待った。

「すみません、狭くて」

横歩きで出てきた孝仁に詫びる。

「いや、普通車ならこれくらいが妥当だろう」

「うち、古いもので。建て直そうかって話もしてたんですけど……」

いつのまにかそんな話も出なくなって。今にして思えば、兄の借金返済で蓄えが消えてしまったのかもしれない。

思わず足が止まった。

「どうした？」

「……わたし、何も知らなかったんですね。わたしだけが何も知らずにのんきにしてたんだわ。たまたま実家に来たときに昨日のヤクザが押しかけてきて、初めて兄が借金してたことを知ったんです。でも、大丈夫だから心配するなってお父さんが言って……。それ鵜呑みにしちゃって。本当は、なんか変だなって……思ったりも、したのに……」

ぎゅっと唇を噛む。

孝仁が、遠慮がちに肩に触れた。

「大丈夫だ、心配するな。……本当だぞ」

軽く噴き出して紫音は頷いた。

「そうですね。ともかく中へどうぞ」

インターフォンを押すと、かすかに家の中でチャイムが響くのが聞こえた。

『はい』

「あ、お母さん。わたし」

『おかえり。今開けるわ』

ほとんど間髪入れずに慌ただしくドアが開く。

「ただいま。えっと……こちらがさっき連絡しておいた、会社の上司で……」

「月嶋孝仁です」

折り目正しい笑顔で彼は会釈をした。企画室内の仏頂面しか見たことなかったけど、営業モードだとこうなんだー、と今さらながら感心する。

ぽかんとした面持ちで孝仁を眺めていた母の佳世子《かよこ》は、慌ててお辞儀を返した。

「わざわざお越しいただいて……。さ、どうぞお上がりください」

「お邪魔いたします」

母の出したスリッパを孝仁が履いていると、奥から父の浩平《こうへい》が出てきた。

「これはこれは。どうも恐縮です」

「突然押しかけてすみません」

孝仁はにこりと品のよい微笑を浮かべた。そつない受け答えが妙に新鮮。単に企画室外の孝仁を見たことがなかっただけなのだが。

リビングへ招き入れ、だいぶくたびれた感のあるソファに彼が腰を下ろすとなんだか紫音は申し訳ない気分になった。

「お茶を淹れますね」

そそくさと母がダイニングへ向かう。

「あ、手伝う……」

「いいからあんたは座ってなさい」

どうしようかと迷い、結局ソファの端っこにちょこんと腰を下ろした。楕円形《だえんけい》のローテーブルを挟んでひとり掛けのラタンチェアがふたつある。

一旦腰掛けた父は思い出したようにやや焦りながら名刺を差し出した。父は小さな空調設備会社の部長である。

「どうも、娘がいつもお世話になっております」

「こちらこそ、紫音さんには大変熱心に仕事に取り組んでいただいています」

紫音さんなどと呼ばれてどぎまぎしていると、父は眼鏡を上げてじっと名刺を見ながら呟いた。

「ほう……。常務でもいらっしゃるんですね」

「若輩者ですが、家業なもので」

「ああ、やはり。そうですか」

うんうん、と父は頷いた。

そこへ母がお茶を運んでくる。

「粗茶ですが」

茶托《ちゃたく》に乗せて差し出されたのは滅多に使われない高級品。紫音からの連絡を受けて慌てて奥から出してきたに違いない。

「いただきます」

礼儀正しく一口お茶を飲み、孝仁は居住まいを正した。

「早速ですが、ご子息の債務について」

「はい」

両親が緊張の面持ちで頷く。ふたりは紫音が取り立て屋に絡まれたことを聞いて血相を変えた。

「本当か紫音⁉」

「あんた、どうして言わないの⁉」

「えっ、と……。無事、だったから……」

「月嶋さんのおかげでしょう！　ああ、本当にありがとうございました！」

両親揃って深々と頭を下げられ、孝仁は鷹揚《おうよう》な微笑を浮かべて手を差し伸べた。

「間に合ってよかったですよ。まぁまぁ、顔を上げてください」

「会社の方にまでご迷惑をおかけして……本当にお恥ずかしい」

「ご子息の、博之さん……でしたね。今どこにいるのかは、やはり？」

「わかりません。たまに電話が来るたび尋ねるんですが、すぐに切ってしまって。こちらからかけても通じないんですよ」

父の浩平は眉間に深いしわを刻んで嘆息した。

「まったく我が子ながら情けない。借金をするのは仕方がないとしても、返済できないからといって行方をくらますなど無責任すぎる」

「保証人は、お父さんなんですね？」

「はい。他に頼める人もいませんし、息子を応援したいという気持ちもありまして」

「当然でしょう」

「しかし見通しが甘すぎた……。貯蓄はほとんど返済にあててしまったし、この家も抵当に入っています。

勤めている会社からも借りられるだけ借りて、どうにか半分は返したのですが……」

「え？　それじゃ三千万っていうのは――」

「残りの額だ」

「えええ!?　じゃ、元は六千万あったの!?」

力なく父が頷き、紫音はショックで呆然とした。

「ろくせんまん……一万円札が六千枚。六千枚……」

「しっかりしろ、江端。残りは三千万だし、債務整理すればたぶんもっと減らせる。とにかく俺が立て替えとくから心配するな」

「はいそうですかなんて言えませんよ～！　六千万でも三千万でも、そもそも室長には無関係なんですから っ……」

「乗りかかった船だ。それに江端は俺の命の恩人だからな」

「大げさですってば！　ただの風邪じゃないですかっ」

「そんなことないわよ、風邪は万病の元って言うじゃないの」

「お母さんっ」

「そのとおりです。紫音さんのおかげで重症化せずに済みました。この恩義はきっちり返させていただきますので、どうぞ僕にお任せください」

「それは正直大変ありがたいんですが。しかし、なぁ。やはり娘の会社の人とはいえ、余所《よそ》様にそこまで甘えるのは……」

「なるほど。では他人でなければいいわけだ」

「んっ……？」

孝仁の微笑が何やら不穏さをおびる。江端家の三人がオドオドと固まっていると、軽く咳払いをした孝仁はすっくと立ち上がり、すり切れたカーペットに端然と正座して深々と頭を下げた。

「江端さん。お嬢さんを僕にください」

「はぇわ⁉」

驚愕《きょうがく》のあまり紫音は奇天烈《きてれつ》な叫び声を上げた。

「えっ、紫音をですか⁉」

さすがに両親も仰天して腰を浮かす。

「はい。紫音さんをぜひ僕の配偶者に」

「配偶者⁉」

「紫音、あんた彼氏いないって言ってたのに、いつのまに――」

「違う違う！　室長、何言ってるんですか⁉　冗談にもほどがありますよ⁉」

「俺は本気だ。江端、俺と結婚してくれ」

真剣な顔つきで、ぎゅっと手を握りしめられてしまう。

（なんでこうなるの……⁉）

ひくりと紫音は口許を引き攣らせた。じーっとこちらを見つめる孝仁の瞳からはブリザードビームならぬ熱線放射ビームが放たれているようだ。

うつむいて膝を掴み、ぶるぶる震えていた父の浩平がいきなり叫んだ。

「素晴らしい！　なんといいお話じゃないか、紫音！」

「お、お父さん……!?」

「月嶋さん、ふつつかな娘ですが、どうかよろしくお願いします」

「お任せください、必ず幸せにしてみせます。ご家族ともども」

「室長！　お父さん！　勝手に決めないでよっ」

わたしの意向は!?　と手を振りほどけないまま紫音は半泣きですがるように母親を見た。が。

「よかったわね、紫音！　ありがたいお話だわ。これでお母さんも安心よ」

目を潤ませて祝福されてしまう。

「なっ、なっ、なんでふたりとも反対しないのよ!?　こんないきなり——」

「だっておまえ、月嶋さんだぞ。『家具のツキシマ』の月嶋さんの御曹司、いずれは社長になる方じゃないか」

「本人の目の前で言わないでほしいんですけどっ」

「なるよ、社長には。ちゃんと後を継ぐつもりはあるからね。だから紫音はいずれ社長夫人」

紫音の手をがっちり握りしめたまま、にっこりと孝仁は笑みを浮かべた。

いつのまにか呼び捨てになっているが、父も母も咎《とが》める気配はない。

「わ、わたしごときには、とても務まりませんー！」

「大丈夫だって。まだ当分先の話だ」

なんとか振りほどこうとジタバタするうち、ふっと紫音は思い出した。

「そ、そうだ。室長には他に好きな人がいるはずです！　ユキって人」

「ユキ？」

「なんだと？　それはけしからん！　孝仁くん、紫音はかわいい娘なんだ、浮気は断じていかんぞ」

いつのまにか月嶋さんから孝仁くんに変わっている！

「誤解ですよ、お義父さん。神仏に誓って僕は紫音一筋です」

「それならいいが」

「嘘《うそ》！　絶対ユキって言った！　ユキはかわいいなぁって、キ――」

「キ？」

不審げに孝仁が首を傾げる。

「き……気絶……しました……よね……」

い、言えない。両親の前では。キスされたなんて……！

「そうそう。高熱を発して倒れた俺を、紫音が看病してくれた。おかゆも作ってくれたし。本当に嬉しかったぞ」

ますます強く手を握られてしまう。

「だからあれは炊飯器にお米と水をセットしただけで……」

パニックが限界を超えたのか、頭がクラクラしてくる。ぐらりと視界が回転し、そのまま何もわからなくなってしまった。


目覚めると、紫音は実家の自室で横になっていた。すでに辺りは真っ暗だ。

手さぐりで枕元の電気スタンドをつけ、時計を見ると夜の九時だった。

「――あら、起きたの。ごはん食べる？」

洗い物をしていた母が振り向いて尋ねる。

「うん……」

朦朧と答え、紫音は力なくダイニングのテーブルに座った。

「大丈夫か？　紫音」

リビングでＴＶニュースを見ていた父が、隣の椅子に腰を下ろす。

「なんか頭がボーッとするけど。……室長は？」

「お帰りになったわよ。借金返済について進めてくださるって。頼りになるわね。さすが大企業の跡取り、しっかりしてらっしゃるわ」

「月嶋家具といえば創業が元禄《げんろく》時代とか言う老舗だからなぁ。まさか、そんな大企業の御曹司に見初められるとは……」

しみじみと言って、父は手酌《てじゃく》でビールを飲んだ。

「……夢じゃなかったんだ」

「まさしく夢のようなお話だが、ありがたいことに現実だ」

「水をさすようで悪いけど、なんかの間違いだと思う」

御飯茶碗《ぢゃわん》を片手にたくあんをぽりぽり齧《かじ》りながら醒《さ》めた口調で言うと、母が眉を吊り上げた。

「何言ってるの。月嶋さんはお帰りになるとき改めて挨拶に来ると仰《おっしゃ》ったわよ。博之の借金の件だって、全額自分が立て替えるからって。略式だけど念書も入れてくださったわ」

ほら、と示された便箋《びんせん》には、江端博之の作った借金の一切を自分が引き受ける旨が愛用する万年筆の格好いい字体で書かれ、署名と印鑑まで押してあった。

「後日、正式な書類を作って持ってきてくださるそうよ」

「……お金持ちの気まぐれかも」

「そういうことをするような人物なのか？」

静かに問われ、紫音は箸を止めた。

「そうは思わない……けど」

「月嶋さんはあんたが好きだから、借金の肩代わりを申し入れたのよ。素直に受け取ったらいいじゃない」

「お母さんは素直すぎるよ」

「だって大企業の御曹司で、社長の椅子が約束されてて、あんなすっごいイケメンなのよ？　そんな人があんたを好きなんだって！　お母さん、鼻が高いわぁ」

「そこが納得できない。あんなイケメンがわたしなんかと結婚したがるなんておかしくない？　お金持ちの美人のお嬢様なんてごまんといるのに」

たとえば秘書の岡本や同僚の由加里。ふたりとも確か社長令嬢だったはず。ああいう人たちこそ孝仁にはふさわしいのでは？

「人の好みは十人十色って言うでしょ。あんたがいいって言ってるんだから、四の五の言わずに貰《もら》ってもらいなさい！　それとも月嶋さんが嫌いなの？」

「べ、別に嫌いなわけじゃないけど」

「それじゃ何か不満でも？　気に入らない癖とか」

「うーん……。特に思い当たらないな。ちょっと怖いけど。仕事では厳しいし」

「それはむしろいいことなんじゃないか。なぁなぁで適当にやってたら会社が傾くだろう」

「まぁね。仕事はすごくできる人なのよ。それは確か。前は外資系のコンサル会社にいたの。室長がツキシマに戻ってきて低迷していた業績がぐんと伸びたんだって」

「遣《や》り手《て》なのね。ますますいいじゃない。仕事ができる男って素敵」

母はすっかり孝仁が気に入ったらしい。

「お父さんにはよさそうな人物に思えたが……。毎日のように会社で顔を合わせてるんだから、おまえのほうがよくわかるだろう」

少し考え、紫音は頷いた。

「いい人だと、思う。それは本当。でも室長と結婚なんて……考えたこともなかったから。大体、室長がわたしに好意を持ってるなんて全然知らなかった。発熱で頭がヘンになったんじゃないかな？」

「疑《うたぐ》り深《ぶか》いわねぇ」

「だって、それまでは何かと睨まれてたんだよ。ブリザードみたいな目付きで氷漬けにされてた」

「熱い視線と取り違えてたんじゃないの。あんたそういうの鈍そうだし。だから全然彼氏ができなかったのよ」

けろりとのたまう母を憤然と睨む。

「悪かったね！」

「ともかく嫌いじゃないなら付き合ってみたらどうだ。今更だが、つい勢いで承諾してしまったのは悪かったなと思ってるんだ」

つい勢いで娘を嫁に出さないでほしいんですが、お父さん。

「失神したおまえを寝かせた後、改めて孝仁くんと話した。何も今すぐ式を挙げるとか入籍するとか、そういうことではないと言ってたぞ」

「あ、そうなの？」

「まずはお試しで同居したいんですって」

ウキウキと母に言われ、目が点になる。

「同居⁉　室長と⁉」

「本当は明日にでも籍を入れたいくらいだけど、紫音が承知しそうにないから……ですって。思いやりがあるわよね」

「とんでもなく強引だよっ」

「少し強引なくらいが頼りがいがあっていいじゃない」

「お母さんはどっちの味方なのよ⁉」

抗議したが、母はすっかり孝仁を義理の息子にするつもりらしく、まるで取り合わない。彼女にしてみれば、息子の借金をきれいさっぱり返せる上に娘がイケメン御曹司に見初められ、将来の社長夫人になれるのだ。これ以上の良縁はない。

父も基本的にはいい話だと思っている。親にしてみれば確かにそうだろう。どこから見たってラッキーな玉の輿だ。

紫音としては、さっき聞いた話が引っかかっている。すでに父は三千万を返済したと言っていたが、実際にはもっと払っているのではないか。

貯蓄をはたき、車を手放し、家を抵当に入れ、会社から限度一杯借り入れしているのだ。

退職まですでに十年を切った。会社への返済と息子の借金返済で、給料はほとんど手許《てもと》に残らないだろう。

母はパートで運送会社の経理事務をしているが、その給料も返済に回しているはず。

明るく気丈にふるまっていても、ふたりとも内心は不安で一杯に違いない。

本当なら、古くなったこの家だってリフォームするか建て直すかしているはずなのに。

(お兄ちゃんのバカ!)

兄をボカスカ殴る空想をしながら、むっつりと紫音は食事を終えた。

泊まっていきなさいと言われたが、実家からだと朝がつらいので帰ることにする。どうにかその日のうちに自宅にたどり着き、ラグの上に座り込んで溜め息をついた。

「……やっぱり貯金、下ろそう」

焼け石に水だとしても、家族の不始末の責任は自分も取らなければ。

貯金を全額下ろして孝仁に渡し、返済にあててもらうのだ。いくら彼が裕福だろうと、自分に出せるお金を取っておいて全額負担させるのは心苦しい。紫音にだってプライドくらいある。

(それにしても……まさかいきなりプロポーズされるとは)

両親の前で頭を下げたくらいだから冗談とも思えないが。

(あの室長がそんな悪ふざけをするわけないしね)

途中で気絶してしまったのでいまいち詳細が不明だ。明日、本人からきちんと聞かなければ。

何がどうしてこうなったんだろう……。溜め息をつきながら、紫音はベッドにもぐり込んだ。

第三章　お試し婚はじめました。

翌日。出社した紫音はトイレに立ったついでに個室のなかで孝仁に『お話ししたいのですが』とSMSを出した。

昼休みにスマホを見ると、『食事しながら話そう』と返信があり、会社から少し離れたレストランが指定されていた。了解の返事を送り、午後の仕事に戻る。

何事もなかったように普段どおりに仕事を終え――ポカミスもブリザードもなくてよかった――、紫音は指定されたレストランへ向かった。

それは地下にある小洒落たイタリアンレストランだった。予約してあると言われていたので、ためらいながら月嶋の名前を出すとすぐに奥の席へ案内された。

グラスに水を注いでもらってしばらくぼんやりしていると、「待たせたな」と響きのいい声がした。

顔を上げて紫音はドキッとした。仕立てのいいスーツ姿の孝仁が引き締まった笑みを浮かべている。

急に気恥ずかしくなって紫音はうつむいた。

（どうしよう。なんか室長がすごく格好よく見える……）

もともとハイパーイケメンなのはわかっていたが、ブリザードを従えたホッキョクグマのイメージが先行しすぎて落ち着いて眺めていられなかった。

今では別の意味で落ち着かない。

そわそわしているとウェイターがメニューを持って来た。

「何にする？　コース三種類あるが」

「そうですね……」

お勧めの前菜とデザート付きのコースにして、紫音はメインディッシュを舌平目、孝仁は若鶏《わかどり》の網焼きにする。

注文を済ませてウェイターが席を離れると、紫音はおずおずと切り出した。

「――あの。昨日のことなんですが……。ほ、本気ですか……？」

「冗談でプロポーズなどしない」

「でも、なんでわたし……？　室長ならもっといい人がいくらでも……岡本さんとか」

「なんで岡本が出てくるんだ」

「え。いや、あの人室長のこと好きみたいだから」

「俺が好きなのは紫音だ」

呼び捨てで宣言されても悪い気分ではなかった。ドキドキして落ち着かないが、イヤではない。でもやっぱり困惑してしまう。

「……で、でも。突然、好きとか言われても……信じられないというか。やっぱり室長、発熱の影響が残ってるんじゃないでしょうか。弱ってるときに親切にされると勘違いしがちとか、聞いたことありますし……」

「熱は関係ない。その前から俺は江端のことが好きだった」

「ええっ⁉　そんな、ありえませんよっ」

「とことん疑り深いな」

母親と同じようなことを言われてしまう。

そこへ前菜が運ばれてきて、ウェイターが去るのを待って紫音は小声で言い返した。

「だって、いつも睨んでたじゃないですか」

「睨んでない」

「睨んでましたよ！　絶対わたしに苛《いら》ついて、呆れてたはずです！　どうしようもない、使えないポンコツだって思ってるに違いないです」

「おまえ自己評価低いなぁ」

「室長がハイスペックすぎるんですよッ」

うーん、と彼は腕を組んで唸った。

「結果的に睨んだようになってしまったかもしれないが……そんなつもりはなかった。俺は江端に苛ついたことなどないし、呆れてもいない。気になって、つい視線が向いてしまうんだ」

「だからイライラして――」

「そうじゃなく」

孝仁は目を泳がせ気味に咳払いした。

「かわいいな……と思ってさ」

ぽかんと紫音は彼を見返した。

「かわいい……？　わ、わたしが……ですか⁉」

「うん。見るとなごむと言うか……ついかまいたくなって。膝に載せるとか頭をナデナデするとか。でもそれ実際やったらセクハラでアウトだろ？」

セクハラというより、頭がどうかしたんじゃないかと心配されると思う。

「いかんいかんと我慢して、ああ、でもやっぱりかまいたいなぁと葛藤してると、つい睨むような目付きに」

「…………室長、目が悪いんですか」

「両目とも一・五だ」

「乱視入ってますね！」

「入ってないって」

ハァ、と彼は溜め息をついた。

「わたしなんか、室長が見とれるほどかわいいはずありませんよ！」

「なんでそんなに疑り深いんだ。男にトラウマでもあるのか？」

「別にありませんけど。付き合ったことすらないですし」

「そうなのか？」

はっ、しまった！

二十六にもなって恋愛未経験かよ、と失笑されるに違いない。

覚悟したが、孝仁はまじまじと紫音を見つめたかと思うと、なんとも言えず嬉しそうな笑顔になった。

「そいつはラッキーだ。だったら江端、俺を最初の男にしてくれよ。で、気に入ったらそのまま最後の男にしてもらえればありがたい」

「……」

唖然とする紫音を、彼は上機嫌に見つめている。

「とりあえず、食べよう。その前に乾杯だ」

注がれたままになっていた白ワインのグラスを彼が取り上げ、紫音はためらいつつグラスを合わせた。

きりっと冷えた辛口のソアーヴェ。フルーティーな中にもかすかな苦みが感じられる。確かソアーヴェはイタリア語で『心地よい』という意味だと何かで読んだことがあるような。

(……変なの。室長のこと、尊敬してるけどなんか苦手で……。話しかけられただけで緊張して冷や汗かいてたくらいなのに)

ふたりで食事するのも二度目……いや、あの朝食も含めれば三度目だから？

食事を進めながら、孝仁が尋ねた。

「江端。俺のこと、嫌いか？」

「き、嫌いじゃないですよ」

「正直に言っていいんだぞ」

「嫌いじゃありません。本当です。……でも、その。いきなり、結婚……というのは」

「俺は前から考えてた」

「そっ、そうなんですか⁉」

「ご両親にも会えたし、流れ的にもいい機会だと思って」

「できればその前に言ってほしかったんですけど……。その、前振りと言いますか」

「うん、だからお試しで同居してみよう」

にっこりされて紫音は固まった。

おかしい。ブリザードビームより破壊力を感じるのは何故だろう。

「ご両親にもそう言っておいたんだが、聞いてないか？」

「き、聞きました」

「まぁ、そう堅苦しく考えることはない。お試し同居してみて、どうしてもイヤなら婚約を解消する」

「婚約なんていつしました⁉」

「したよ、昨日。ご両親に挨拶して、結婚の許可を得た。あとは紫音の意向次第だ」

順序が逆なんじゃ⁉　ああ、一気に囲い込まれてる気がする……！

「無理に今の住まいを引き払わなくてもいい。必要なものだけ持ってうちに来てくれれば。ちゃんと専用の部屋はあるし、プライバシーは保証する」

「はぁ……」

「しばらく生活してみて、絶対無理だと紫音が判断したらこの話はなかったことにする。立て替えた借金は迷惑料ということで、返せとは言わないから安心しろ」

「いや、それは」

「いいんだ。ご両親とも話した。結婚するなら結納金代わり、破談なら迷惑料代わりということで双方ともに納得した。今、正式な契約書を作らせてる」

結納金だろうが迷惑料だろうが、三千万は多すぎませんか……⁉

「……室長にばかり不利な取引だと思うんですけど、それ」

「紫音を奥さんにできるなら三千万なんて安いもんだ」

自信満々に言い切られ、返す言葉がない。

（三千万に見合う奥さんになれる気がしないよ～！）

「まぁ、いきなり好き好き言われても信じがたいのはわかる。ブリザードを従えたホッキョクグマに迫られては、アザラシは恐怖だろうしな」

「えっ……」

ニヤッとされて紫音は青くなった。

（な、なんで室長が知ってるの⁉）

いつ口を滑らせたんだろう。全然覚えがない！

「しかし紫音がアザラシというのは言い得て妙だな。うん、あれだ。タテゴトアザラシの幼獣だな。真っ白でかわいいんだぞ～。まさに紫音そのものだ。撫でくり回したくなる」

「……やっぱり室長、目がおかしいですよ！」

言い返しながら、雲の上のような存在だった孝仁といつのまにか対等に喋っている自分に気付き、紫音は驚きととまどいを感じていた。


気付けば紫音は孝仁との同居を承諾してしまっていた。丸め込まれた気がしなくもないが、兄の借金を肩代わりしてもらった引け目もある。

同居を始めるにあたって、ひとつだけ紫音は条件を出した。

自分の貯金を兄の債務返済にあててもらうこと。

そんな必要はないと孝仁は難色を示したが、「出せるものは出したいんです」と意地で食い下がった。

しぶしぶ同意したものの、孝仁は逆に条件を出してきた。お試しのち結婚に同意しない場合、そのお金を引き取らなければならない。

つまり紫音が結婚に同意しなければ、兄の借金肩代わりは迷惑料としてチャラ。貯金はまるごと返ってくる。

対して孝仁は三千万を失い、紫音に振られて傷心《ハートブレイク》……というわけだ。

「それじゃ不公平すぎますよ！」

「俺をかわいそうに思って紫音が結婚に同意してくれれば大儲《おおもう》けだ」

まじめくさった顔に返す言葉を失う。そんなこと言われたらますます断りづらくなるではないか。

（はっ、もしやそういう策略……⁉）

未だ納得しかねるが、どうやら孝仁は本気で紫音が好きで結婚したがっているらしい。

「……いったいわたしのどこがそんなにいいんですかね？」

「どこもかしこもだ」

きっぱり言われ、紫音はげんなりした。仕事もできるハイパーイケメン御曹司なのに、なんだろう、この漂う残念感。

大迫力のホッキョクグマは実は着ぐるみだったのか。いや、そもそも自分の妄想だけどもあれは。

いくらごねても上機嫌でなだめられ、ついに紫音は諦めの境地に達した。

とにかく恩人ではあるのだから、気が済むまで付き合おう。一緒に生活を始めれば幻滅して向こうから別れ話を持ち出して来るかもしれないし！

（うん、その可能性のほうが断然高いよね）

その場合立て替えてもらった借金はどうなるのか。不安に思って尋ねてみると、勉強料として支払うから大丈夫だと言われた。

「ただし。そうなる確率は限りなくゼロに近いことを、あらかじめ宣言しておく」

何故か久しぶりにブリザードを背負ったホッキョクグマと対峙するはめになり、紫音は半泣きでコクコク頷いたのだった。


突然のプロポーズから一週間と経たぬ土曜日。紫音はキャリーケースに当面の身の回り品と着替えを詰め、迎えにきた孝仁の大型オフロード車に溜め息を押し殺しつつ乗り込んだ。

他の衣類や生活用品などは段ボールに詰めて発送済み。明日には届く。

途中でランチを摂って、マンションに着いたのは午後の二時半頃だった。

「ここが紫音の部屋」

案内されたのは玄関を入って廊下の突き当たりにある八畳ほどの部屋で、掃き出し窓からベランダに出られる。七階全部を占める孝仁の部屋にはL字型の広いベランダがあるのだ。

部屋の一方は作り付けのクローゼットで、中にキャスター付きの小箪笥が入っていた。明日届く荷物も含め、手持ちの服を収納してもだいぶ余裕がありそうだ。

壁にはセミダブルサイズのマットレスが立てかけてある。

「ベッドは紫音に好きなものを選んでもらおうと思ってな」

「えっ、いいですよ、床にマットレス置けば充分です。すごいしっかりしてるし、これ」

「いいから好きなの買えって。〈ノスタルジック・ラヴァーズ〉の、欲しいんだろ」

「いいんですか⁉」

思わず食いついてしまい、赤くなる。くすっと笑って孝仁は紫音の頭をぽんぽんした。

「ノス・ラヴァのファンがどんなコーディネートするのか、興味あるしな」

「……そんなこと言われたら、なんか荷が重いです」

「結婚に向けたお試し同居だ。居心地のいい部屋を提供したいじゃないか。動物の世界じゃ、雄が用意した愛の巣を雌が吟味して、気に入らなければあっさり袖にされるんだぞ」

「そりゃ動物の世界では、そうかもしれませんけど！」

「紫音のこと、もっと知りたいんだよ」

いきなり艶のある低音ヴォイスで囁かれ、飛び上がりそうになる。

「ふ、不意打ちは卑怯ですっ……」

「襲ってないぞ？」

「〜〜〜〜っ」

赤くなる紫音に、孝仁は上機嫌にくくっと喉を鳴らした。

ひょっとしたらキレイでキケンな獣の巣に誘い込まれてしまったかも？　気に入らないなんて言わせないとばかりに、好みのものばかりでコーディネートされちゃったらどうしよう⁉

紫音が〈ノスタルジック・ラヴァーズ〉のファンであることは企画室ではとっくに知られているし、その中での好みもすでにしっかり把握されているのかも……。

（室長、そういうとこ抜け目なさそうだからなぁ）

「明日、荷物を受け取り次第、買い物に出かけよう」

さてはそのために午前中指定にしたな……と今になって気付いた。

好みのものを孝仁に勧められて断れる自信がない。

「荷物の整理は後でいいだろ。ざっとうちを案内しとく。前に来たから知ってるかもしれないが」

「勝手に覗いたりしてませんからね」

「覗いてもよかったのに」

本気か冗談かわからない口ぶりにげんなりする。

「俺の部屋はここ。知ってるよな」

紫音は頷いた。先日、リビングダイニングで倒れた孝仁を担ぎ入れた主寝室だ。

「奥に小部屋があって、書斎として使ってる。こっちのウォークンインクローゼットも、服が入りきらなければ好きに使っていいぞ。空いてる」

「部屋に作り付けのだけで充分ですよ」

バスルーム、パウダールーム、独立したお手洗い、ランドリールームにパントリー。裏口と物置。広々したリビングダイニング、開放感のあるアイランド型のキッチン。

ダイニングの後ろにはもうひとつ広めの寝室があった。北側のこちらにはバルコニーはついていない。壁に作り付けのデスクがあり、黒いレザーのヘッドボードのついたセミダブルベッドが置かれていた。ホテルみたいな感じだ。

「こっちは客室。たまに弟が泊まりに来る」

「弟さん、いるんですね」

「ああ。直樹《なおき》と言って、四つ下だ」

じゃあまだ二十代か。

「こんなところかな。設備でわからないことがあれば訊いてくれ。さて、コーヒーでも飲むか」

以前来た時には気付かなかったが、三十畳ほどもあるリビングの一方には小さな和室が付属していた。炉の切られた床の間付きの四畳半で、風炉や茶道具が並んでいる。

「室長、茶道のご趣味が？」

「まぁな。免状も持ってる」

「すごい！」

「紫音もできるんだろう？　高校では茶道部だったと履歴書にあったぞ」

「いただくほうはなんとか。お点前《てまえ》はほとんど覚えてません。もうずっとやってないし、茶道部入ったのも実はお菓子目当てで」

気取っても仕方ないと、正直に紫音は答えた。見栄を張ったところで、やってみせろと言われたら免状を持っているという孝仁にはすぐに見破られてしまう。

「そうか。なら、美味い生菓子を用意するから付き合ってくれ。実家で定期的に茶会を催してるんで、練習しておかないと」

さすが旧家は違うな～と感心しながら紫音は頷いた。茶道で使う上等な生菓子なんて、なかなか食べる機会がない。

前回は全自動マシーンだったが、今回は孝仁が電動ミルで豆を挽《ひ》いてコーヒーを淹れてくれた。きちんとスケールで計測している。

花綱モチーフのブルーとアイボリーのマグカップ。どうぞと言われてなんとなく左手にあったアイボリーのカップを選んだ。

アイランド型のシンク脇のスペースで、カウンタースツールに並んでコーヒーを飲む。

こうして並んで飲んだり食べたりするのは初めてではないのに、なんだかお店よりもドキドキするのは、やはりプライベートな空間だからだろうか。

「あ、あの、室長」

「会社じゃないんだぞ、室長はやめろ」

「じゃあ……月嶋さん……？」

「ずいぶん他人行儀だな」

まだ他人です！　と言いたいのをぐっとこらえる。

「それじゃなんと呼べば」

「そりゃあ……孝仁さん、とかだろう？　呼び捨てでもかまわないが。俺も勝手に呼び捨ててるし」

かすかに彼の耳朶《じだ》が赤らんだようで、ますますドキドキしてしまう。

「じゃ、じゃあ孝仁さん……にします」

「うん」

なんとなくそわそわした沈黙が落ちる。

「――で、なんだ？」

「え？　あ……。そ、そうだ、何かさせてもらえないかなと思って。家事とか。料理はあんまり得意じゃないので、お口に合うものが作れるかどうか自信ないですけど」

「別に気を遣わなくていいぞ」

「でも、お客さん扱いじゃ……同居の意味、ないですし」

「家事といってもな。家政婦に来てもらってるからすることはそれほどないと思う」

「え、そうなんですか」

「週二回、平日の昼間に来てもらってる。掃除と洗濯、その日と翌日分くらいの食事。後は自分で作ってるし、気がついたときに掃除もする」

これだけ広い家にひとりで住んでたら確かに家政婦が必要よね……と紫音は納得した。当然、実家でも使用人を雇っているはずだから、彼にとってはあたりまえなのだろう。

「紫音のことは連絡済みだから大丈夫だ」

「はぁ……」

「紫音だってフルタイムで働いてるんだ、家事まで手が回らないだろう。外注できるものは業者に任せて、ふたりの時間を大切にしたい」

なんかもう発言がリッチなセレブすぎて眩暈がする。

「室長はそれでいいかもしれませんが、わたしとしてはやっぱり」

「孝仁」

「た、孝仁さん。その、わたしとしてはですね、いろいろとご助力いただいているわけですし、少しでも何かお役に立てることないかなぁっと、思うわけですよ」

「なんか他人行儀だなぁ」

だから他人なんですってば、まだ！

「わかった。ならば紫音には飯を炊いてもらおう」

「飯？　御飯係ですか」

「うん。こないだのおかゆ、美味かったぞ」

それは紫音ではなく、高級圧力ＩＨ炊飯器の能力だ。しかし美味かったと言われると単純にも嬉しくなってしまう。

「しつちょ……孝仁さんは、朝は御飯派ですか」

「大体は、そうだな。御飯と味噌汁《みそしる》と、卵と干物か焼き鮭《ざけ》……かな」

いわゆる旅館の朝ごはんね、と紫音は頷いた。

「わかりました。では、朝食はわたしが用意させていただきます」

「あ。俺、納豆嫌いだから」

「わたしも好きじゃないので買いません。たくあんはお好きですか」

「好きだが、奈良漬けのほうが好きかな」

ふむふむと紫音はスマホにメモをとり始めた。

（室長は奈良漬けが好き、と）

「紫音はたくあんが好きなのか？」

「実家でよく出てくるので。梅干しはカリカリのとやわらかいの、どっちが好きですか」

「やわらかくて酸味の強いやつ」

「……梅干しはふよふよで酸っぱいやつ、と」

メモを取っていると、孝仁が笑いながら紫音の頭を撫でた。

「おまえ真面目だなぁ」

「しつ……孝仁さんに、せめて美味しい朝ごはんで恩返ししたいと思って」

「そういうとこが、かわいいよな」

「ふ、不意打ちは禁止ですっ……」

「襲ってない」

ニヤニヤしながらさっきと同じ答えを返すと、彼はふっと頬にかすめるようなキスをした。

ひぃーっと内心で悲鳴を上げ、ぼふっと顔が赤くなる。

「……そういえば、交際経験ないならキスしたこともないんだよな」

(なくもないけど……)

熱で朦朧とした孝仁にキスされたことを思い出すと同時に『ユキ』のことも思い出され、胸がずきんとした。

『ユキはかわいいなぁ』

彼はそう呟いて微笑んだ。

ユキ。

誰なんだろう。

(あれ……？　なんだか、この前思い出したときより胸が痛い……ような気がする……)

「ん？　なんか変な顔してるな。さては経験あるのか」

「な、ないですよ」

「旦那には正直に言え」

「まだ旦那じゃないでしょ！」

「なるぞ、絶対」

「へっ……」

「紫音の旦那になって、めちゃめちゃかわいがってやるから覚悟しろ」

よくもそんな堂々と、恥ずい台詞《せりふ》を吐けるんだか……！

恐れていたブリザードホッキョクグマの、まさかの溺愛路線変更。

（どうしよう、どうしていいかわかんないよ〜）

超ご機嫌なホッキョクグマに抱っこされてもふられる幻覚に、紫音は内心で悲鳴を上げたのだった。

第四章　甘くて強引な第一歩

竜巻に巻き込まれたかのごとく始まった同居生活だったが、意外なほど穏やかに日々は過ぎていった。

思えば孝仁が風邪でダウンした日からの一週間が異常すぎたのだ。

恐れていた上司の看病をし、初キスを奪われ。

借金取りのヤクザに凄まれ、三千万にも上る借金の肩代わりを申し出られ。

本人をすっ飛ばして両親に結婚の許可を申請された。

そしてお試し婚の名目で同居開始。

思い出しただけで頭がクラクラしてくる。

酔って記憶がぶっ飛んだり、気絶したりもしたが、休まず出勤している。えらいぞわたし。

会社では今までどおりの上司と部下で通し、同居していることはおくびにも出さない。会社には近くなったが、これまでどおりの時間に到着するよう出勤時間を調整している。

結果、家を出る時間は遅くなった。今までと同じ時間に起きれば、先に出勤する孝仁に朝食を出し、後片づけまでできる。まぁ後片づけといっても食洗器に放り込むだけだが。

あとは出勤前にお掃除ロボットのスイッチを入れればＯＫ。

家政婦さんは月曜と木曜の昼間に来て二回分の夕食を作っておいてくれる。月火、木金はそれを食べ、水曜日は紫音が食事を作る。土日は外食するか、孝仁が作ってくれる。

そんな感じで、いいのかなぁと申し訳なくなるくらい紫音は楽をさせてもらっていた。

結婚にあたって家事能力は問わないときっぱり言われたが、やらないのとできないのでは大違いだ。

ちなみに孝仁の作る料理はプロの家政婦さんに引けをとらないくらい美味しい。

紫音が担当している御飯炊きと同様、高性能の調理家電（スチームオーブンレンジとか電気調理鍋とか、ひととおり揃っている）を使っているからだと本人はいうが、料理にはやっぱりセンスというものがあると思うのだ。

孝仁が和食をメインに作るので、自然と紫音は洋食を作るようになった。

といってもカレーやシチューのような煮込み料理が多い。あまり凝《こ》ったのを作っても失敗しそうだし、もともとあまり料理をしてこなかったので基本的なものからトライすることにした。

孝仁は美味しいと言って食べてくれる。自分でも悪くはないと思うし、我慢して無理に食べているわけではないはずだ。同居から二週間が経って、大体好みも掴めてきた。

孝仁は紫音より早く出勤して遅く帰ってくる。帰宅はいつも大体七時頃だ。

彼は常務でもあるので、そちらの仕事もある。表向き経営に関してはノータッチなのだが、実績があるので意見を求められることも多いらしい。

彼は帰宅するとシャワーを浴び、和服に着替える。だいぶ見慣れたものの、やっぱり格好いいなと見とれてしまう。

視線に気付かれるとちょいちょいと手招かれ、用心しいしい側に寄ると電光石火の勢いで膝に乗せられてしまう。

そしてよしよしと頭を撫でたり、ぎゅーっとしたりして孝仁は悦に入る。

最初は硬直したが、性的な含みがほとんど感じられないので、最近は慣れた……というか諦めて好きにさせている。ペットをかまってるような感じなんだろう、と。

一度、猫でも飼ったらどうですかと言ってみたら、俺は犬派なんだと返された。彼自身はどっちかというと自由奔放な猫型だと思うのだが。

膝に乗せられて和服の胸元にもたれたり、隣に座って肩を寄せ合って一緒に大型ＴＶで映画を見るのも悪くない。

気を遣ってくれているのか、チョイスもファミリー向けとかコメディホラーとかばかりだし。

二週間程度では、まだまだお客さん扱いなのかもしれないが。

お風呂に入って、おやすみなさいと自室に引き上げ、ベッドでストレッチなどしながらつらつら紫音は考えた。

同居を始めた翌日、遠慮するなと何度も言われ、結局前からいいなぁと思っていた〈ノスタルジック・ラヴァーズ〉のベッドを購入した、というか買ってもらった。

彼の言い分は『うちの備品だから俺が払う』だ。

レトロな風合いの天然木とアイアンを組み合わせたベッドは、買おうかなと思っていたシングルではなくセミダブルにした。

すでに部屋にあるマットレスがセミダブルだというのもあるが、シングルとセミダブルでは少しデザインが異なっていて、セミダブルのほうが気に入っていたのだ。

手狭な1Kにはセミダブルは大きすぎるのでシングルにするしかないなと諦めていたが、本当に欲しかったほうが手に入って嬉しい。

部屋を見回せば、半月ばかりのあいだに自分の部屋らしさがぐんと増している。

作り付けの家具があるので大きな家具は買っていないが、ベッドサイドに置くキャビネットとか、その上に置いたテーブルランプとか、足元のラグとか。

自宅でもお財布の許す限り好きなもので揃えていたが、やっぱり値段で妥協してしまった部分も多い。

こちらは『ファン目線のモデルルームだと思え』と孝仁に言われ、値段は（なるべく）気にせずコーディネートしたので、自宅よりもずっと居心地がいい。

孝仁が用意してくれていたマットレスは高級ホテル並みに寝心地よく、前よりずっと熟睡できて朝の目覚めも快適だ。

「そもそもマンションの造りが全然違うもんね」

最上階で一部屋しかないのだから一軒家みたいなものだ。隣の孝仁の寝室からも物音はほとんど聞こえてこない。

隣といっても間に小部屋を挟んでおり、向こう側にウォークインクローゼットがあったりこちら側が作り付けのクローゼットになってたりするので、壁一枚という箇所は実際にはない。

たまに彼が書斎として使っているという小部屋に出入りする気配が感じられたりするくらいだ。紫音のベッドはそちらの壁際にあるので、孝仁が書斎にいるな、というのはなんとなくわかる。

その気配を感じながら眠りに就くのが、なんだかいいなと近頃思うようになった。

おやすみなさい、と心の中で呟いて目を閉じる。

孝仁は書斎で何をしているんだろう。仕事なら広いテーブルのあるリビングダイニングでするから、きっと読書だろう。

どんな本を読むのかな。

ビジネス書？　ううん、案外歴史とか、古典とか読んでそうな気もする。

何か書いているのかも。日記とか。さらさらっと愛用の万年筆で。渋い染めの着物をゆったり着こなして、時々手を止めて思案しながら。

ああ、格好いいな……とウトウトしながら紫音の口許がゆるむ。

どうしよう。本気で好きになっちゃいそう。

好きになってもいいのかな……？

わたしみたいなド庶民が、キラキラな別世界の人としか思えない孝仁を。

いいのかなぁ……と思いながらこてんと紫音が眠りに就いた頃。

隣あった書斎では、ふと気配を感じたように孝仁が顔を上げ、何かを思い浮かべるかのようなで顔つきで、しげしげと隣室との境を眺めていた。

＊　＊　＊

天井まである作り付けの書棚を眺め、孝仁は軽く小首を傾げた。視線は本の背表紙を通り越し、隣室の壁あたりをぼんやりとさまよっている。

この向こうで紫音が眠っている。

（……なんだか妙な気分だ）

半月経ってだいぶ慣れたが、今でも時折こそばゆいような気分がふっと頭をもたげる。

弱みにつけ込むように強引に持ち込んだ同居生活。さぞ不本意だったろうに、紫音は毎日朝食を作り、起きてきた孝仁を無邪気な笑顔で迎えてくれる。

そして『いってらっしゃい』と手を振って送り出してくれて、会社に着けば今度は彼女が出社してきて、自宅とは異なる少し固めの表情で『おはようございます』と挨拶する。

その違いがまたいい……と孝仁はうっとりした。

気をつけないと幸福感でにやけてしまいそうで、これまでより五割増厳しめの顔を取り繕っている。

そのせいで機嫌が悪いのだと見做《みな》されて紫音に怯えられるのがひどくせつない。

青くなって冷や汗をかいている彼女をぎゅっとして撫でくり回したくなる。それをどうにかこうにか我慢しているものだから、帰宅後はずっと懐に抱え込んでいたくてたまらない。

(なんかこう、ちょうどいいんだよな)

大きすぎず小さすぎず、絶妙にしっくりくる。

最初は硬直していたが、理性を総動員して抱っこに留めているうちに慣れてきて、くつろいでもたれかかってくれるようになった。

本当はすぐにも押し倒したいところだが、それで嫌われては元も子もない。

真面目な性格の紫音は借金返済の件で孝仁に強い恩義を感じているから、強引に迫っても抵抗しないかもしれない。

しかしそういうのはいやだった。これ以上彼女の良心につけ込みたくはない。

(……とはいえ、けっこうキツイな)

ふぅ、と孝仁は溜め息をついた。好きな女性と同居して、手を出さずにいるのはかなりの精神力が要る。

実のところ、彼女は自分のことをどう思っているのだろう?

嫌われてはいないようだが、果たして好いてくれているのかどうか。一緒に出かけても、彼女から腕を組んだり手を繋いだりしてくることはない。

思い切って手を握ったら、真っ赤になってうつむいて、ものすごくかわいかった。危うくその場で力一杯抱きしめそうになってしまった。

（くうっ、なんであんなにかわいいんだ！　紫音のヤツ！）

手指をわきわきさせて孝仁は身悶えた。

とにかくいちいちかわいくて困ってしまう。

同居を始めれば落ち着くかと思ったらとんでもなかった。ますますかわいくなって不整脈か呼吸困難を起こしそうだ。

せっかく手許に引き寄せたのに、嫌われるのが怖くて手を出せない自縄自縛《じじょうじばく》状態。

デスクにガバッと伏せ、はぁはぁ喘《あえ》ぐ孝仁は、端から見たら完全に危ない人だった。

彼はむくりと身を起こすと、水でも飲んで落ち着こうと書斎を出た。この小部屋はお気に入りのスペースだったが、隣室で紫音が眠っていると意識したとたん平常心が爆発する。

キッチンのスツールに腰掛けて冷たいミネラルウォーターを飲み、孝仁は溜め息をついた。

なんで自分が好きなのかと紫音は不審がっているが、孝仁にとってもここまでのめり込むとは思っていなかった。

恋愛経験はそこそこあるのだが、すぐに面倒になって長続きした試しがない。

いや、ただ付き合っていたというだけで、そこに本物の恋愛感情はなかったのかもしれない。

（最初は紫音の写真を見て……あいつに似てるなって嬉しくなったんだよな）

熱意あふれる応募理由や一ファンとしての目線もおもしろいと思った。面接では、緊張しながらも朴訥《ぼくとつ》な口調で熱心に〈ノスタルジック・ラヴァーズ〉への愛着を語っていた。

（……そういえば面接のとき、スライド式の扉だと気付かず、押したり引いたり四苦八苦してたっけな）

思い出して孝仁は忍び笑った。

社内では前後に開くドアが多く、把手《とって》がついていれば当然そうだと思うだろう。

しかし面接に使った部屋は珍しくスライド式で、実を言えば孝仁も間違えた。鍵がかかっているぞと副室長の上篠に文句を言い、そこ横開きなんですよと苦笑されたのだ。

そしてたまたま面接順が一番だった紫音もまた孝仁と同じ間違いをした。

横開きだとはまったく思い付かないようで、いつまでもガタガタやっては『あれっ⁉ なんで開かないの⁉』と扉の向こうでパニクっている。

結局上篠が席を立って開けてやったのだが、目を丸くして呆然としている紫音は、びっくりしたときのあいつにますますそっくりで、その時点で半分くらい孝仁は採用を決めていた。

面接が終わって出て行くときも、思いっきりドアノブを引っ張ってから思い出し、『すみません……』と消え入りそうな声で詫びて小さくなって出ていった。

上篠は『か、かわいい……っ』と声を殺して爆笑した。

そして全員の面接が終了して引き上げるとき。孝仁は、またしてもドアノブを思いっきり引いてしまった。

上篠に『わざとですよね？』と問われ、『もちろんわざとだ』とクールに返したが、もちろんわざとではなかった。

（……それで親近感がさらに湧いたんだよな）

それが採用決定に影響したのは間違いないが、面接に同席していた上篠も異を唱えなかったのだから、彼女としても紫音の『ファン目線』に期待したのだろう。

結果、業績は伸び、企画室の雰囲気もよくなった。

気がつけば孝仁は無意識に紫音を目で追っていて——自分は彼女が好きなのだと自覚せざるを得なくなった。

しかし、自覚した頃にはすでに紫音に怖がられてしまっており、気軽に誘えるような雰囲気ではなくなっていた。

どうやって距離を詰めたらいいものかと悩んでいたとき、たまたま孝仁は数年に一度あるかないかくらいのひどい風邪をひいた。

(上篠に頼んだ資料を、まさか紫音が持ってくるとはな……)

どうも上篠には紫音への想《おも》いがバレてるっぽいので、気を利かせたつもりかもしれない。

結果的にそれをきっかけとして一気に距離を縮められたのだ。いずれ彼女にはなんらかの形できちんと礼をしよう。

(しかし……。どうも足踏み状態だな)

もう一口ミネラルウォーターを飲んで孝仁は溜め息をついた。

早く先に進みたいが、せっかくいい雰囲気になってきたのを焦って台無しにしたくはない。

手を繋ぐのは、まぁクリアしたとしよう。

（繋ぐというより俺が掴んでるんだが）

嫌がられてはいないようなので、そこはよしとする。

しかしできればもっとベタベタしたい。街で見かける若者カップルみたいにべったりぴったりくっついて歩きたい。

これまでは女性にくっつかれても鬱陶しいだけだったが、紫音にだけは完全密着されたい。

どうしたら自然にべったりしてくれるのだろう？

ひとり悶々と悩むうちに、静かに夜は更《ふ》けていった。

＊　＊　＊

「デートしよう」

同居開始から半月経った七月上旬。突然の誘いに紫音は目をぱちくりさせた。

「はぃ？」

「デートだ。してないだろ、俺たち」

「え。してるんじゃないですか？　一緒にショッピングしたり、ごはん食べたり……」

「それはショッピングであり、ランチであり、ディナーだ。デートではない。断じて違うぞ」

妙に力説する孝仁を、たじたじと眺める。紫音としては完全にデートのつもりだったのだが。会社の人に見られたらどうしよう……とかそわそわしてたのに。

「じゃあ……何をすればデートになるんですか？」

「遊園地か水族館か動物園だ。そういうところへ行ってこそ、胸を張ってデートと言える」

誰に向かって胸を張るつもりなんだか。

「いいですよ、行きましょう」

彼は何故かムッとしたように紫音を睨んだ。

「テンション低いな。俺とデートしたくないのか」

「そんなことありません。ただ、わたしとしてはもう何度もデートしたつもりでいたので……」

「いかんな。そういうところからすれ違いが始まるんだ。さては紫音、早くも俺に飽きたか」

「飽きてません！　そんな、人を飽き性みたいに言わないでくださいよっ」

「じゃあ、デートだ。今度の土曜日、まずは遊園地がいい。フジヤマランドに行こう」

「ふ、フジヤマランドですか……」

なんとなーくイヤな予感がしたが、わくわく顔でねだられては断れない。そもそも孝仁に負い目のある紫音は、何につけ誘いを断るのは悪いと感じてしまうのだ。

「あのぅ。動物園にしません？」

「ホッキョクグマならここにいるだろ」

「そうじゃなくて！」

根に持つな～とむくれると、孝仁はニヤッとした。ちょっと意地悪な笑顔も悪くないなと思ってしまうのは危険かもしれない。

「他の遊園地じゃだめなんですか？　フジヤマランドってけっこう遠いんじゃ……」

「ドライブがてら行くにはちょうどいい。土曜日なら遅くなっても翌日ゆっくりできる」

「梅雨《つゆ》ですし、雨降るかも」

「天気予報によれば晴れ時々曇りだ。当日調べて天気が悪かったら屋内型のにしよう」

「どうあっても行きたいんですね……。そんなに遊園地が好きなんですか？」

「好きというか、そう言えばずいぶん行ってないなと思い出したら俄然《がぜん》行きたくなった。紫音と」

さりげに付け加えるのがずるいというかなんというか。

観念して紫音は頷いた。


そして土曜日。

雨降れ～と密《ひそ》かに念じていたにもかかわらず、朝から快晴だった。朝食は途中で取ることにして早めに出発する。ＳＡ内のカフェに立ち寄っても二時間かからず到着した。

入場するなり早くも絶叫マシンからの歓声と悲鳴が聞こえてきて紫音は立ちすくんだ。

フジヤマランドはありとあらゆる絶叫マシンが揃っていることで有名なのだ。ギネス認定されたものも多数ある。

「どうした？」

不審そうに問われ、慌ててかぶりを振る。

「な、なんでもないです。けっこう混んでますねっ」

「梅雨の中休みで土曜日だからな。まずは展望台で景色でも眺めるか」

「そ、そうですね！　車からも富士山見えましたし」

直通エレベーターで高さ五十五メートルのトップデッキまで一気に上ると、雄大に裾野を広げる富士山が目の前にそびえ立っていた。

「わぁ、すごい」

思わず歓声を上げた紫音の目の前を、ほぼ満員のコースターがゴトゴトと横切る。

それはすぐに急降下に入り、盛大な悲鳴と歓声が富士山を背景に響きわたった。

「楽しそうだな」

凍りついている紫音の傍らで、孝仁が平然とのたまう。

「後で乗ろう、あれ」

「の、乗るんですか⁉」

「フジヤマランドに来て絶叫マシンに乗らない手はないだろう。せっかくここまで上ったんだ、通路を歩いてみよう」

連れて行かれたのは、手すりも何もない吹きさらしの通路をハーネスを着けて歩くアトラクションだった。

足元は素通しだし、風は吹くし、泣きそうになりながらどうにかぐるりと一周する。

終わって安堵したのも束《つか》の間《ま》、せっかくだからエレベーターではなくチューブスライダーで降りようと主張され、地上に生還したときには足が震えて孝仁の腕に取りすがる羽目になった。

(もしかしてそれ目当て……？)

恨みがましく睨んでも彼は涼しい顔だ。

同居を始め、食事や買い物に一緒に出かけても、紫音はまだ彼と腕を組んだことがなかった。

孝仁のほうから手を繋がれたことはあるが。

それが不満だったとか？　あれはデートじゃないと頑として言い張ったのは、そういう意味だったのかも。

(だって、恥ずかしいじゃない)

孝仁みたいなハイパーイケメンと紫音ごとき十人並みが腕を組んでたりしたら、道行く人に失笑されてしまいそう。強引に手を繋がれればついうつむいてしまう。

だが今はヨロヨロしてるほうがみっともない。

諦めて紫音は彼の腕に両手で掴まって歩いた。

カフェで一休みして落ち着きを取り戻すと、ティーカップや空中ブランコといった遊園地の定番アトラクションを巡《めぐ》った。

メリーゴーラウンドでは二人乗りの馬に乗り、やっと紫音も『デート』を楽しむ気分になる。

お昼を食べ、食休みがてらファミリー向けの鏡の迷宮など探索して出てくると、孝仁が足を止めて前方を指さした。

「じゃ、あれ乗ろうか」

彼が指し示しているのは、フジヤマランドの象徴とも言える絶叫マシンだった。最初に上ったスカイデッキから見えたあれだ。

「ほ、本当に乗るんですね……!?」

「せっかくだからひとつくらい絶叫マシンに乗らなきゃ。そのあと観覧車に乗ったら帰ろう」

観覧車には乗りたいし、それで〆《シメ》なのはいいとして、その前の試練が厳しすぎる。

「あれがイヤならあっちでもいい。向こうのあれでも」

振り向いた紫音は、ぐるっと一回転するループや垂直落下を見て固まった。

「座席自体がグルグル回るやつもあるぞ」

「……こっちでいいです」

げっそりと紫音は呟いた。たぶん、こっちのほうがマシのはず。たぶん……。

人気アトラクションゆえすごい行列だったが、孝仁が抜かりなく事前にネットで優先券を買っていたので、五分と待たずに専用入口から入れた。

コースターが動き始め、ゆっくりと上っていく。高さ八十メートルから降下が始まった瞬間、紫音は無意

識に絶叫を上げていた。

　確かに宙返りはなかったが、一八〇度回転したり、地面スレスレを猛スピードで駆け抜けたりと、三分半ほどのあいだ紫音は叫びっぱなしだった。

　停止しても、スライダーのとき以上に足の震えが止まらず、孝仁の手を借りてようやく降りられた。動悸《どうき》がなかなか収まらず、ベンチに腰を下ろして紫音は震える吐息を洩らした。

「そんなに怖かったのか？」

　けろっとした顔で訊かれて半泣きで睨んでしまう。

「怖かったですよっ。なんで孝仁さんはそんな平然としてるんですか⁉」

「なんでと言われてもな。昔から平気なんだ」

「怖くないんですか」

「そりゃちょっとは怖いが、全然怖くなかったら楽しくないじゃないか。スリルがあったほうが楽しい」

「わたしは空中ブランコくらいのスリルで充分です……」

　はぁ、と溜め息をつくと、孝仁は首を傾げてじっと紫音を見つめた。

「そんなにイヤならそう言えばいいのに」

　ムッとして言い返しかけて言葉を呑《の》み込《こ》む。すると今度は孝仁が溜め息をついた。

「あのなぁ、紫音。イヤなことはイヤだとはっきり言っていいんだぞ。遠慮することなどない」

「はぁ……」

「ひょっとして、兄貴の借金の件で負い目を感じてるのか？」

ぐっと黙り込むと、孝仁はやれやれと肩をすくめた。

「仕方ないか。紫音は真面目な性格だからな。しかし俺としてはあまりにせつない」

「せ、せつない？」

「信用されてないのかと思っちまう。そんなに頼りがいがないのかと」

「そんなことないですよ！」

紫音は焦った。

「孝仁さんのおかげで兄の借金を完済できたと両親からも聞きました。法的な手続きも全部やってもらったって」

「俺は弁護士に依頼しただけだ」

「だから、その費用だってかかってるわけでしょ。なのに兄は未だに行方不明で、連絡もとれないし……。どうしたって、やっぱり申し訳ないなって思っちゃいますよ」

「そうかもしれんが、そういうふうに遠慮されると自分が悪役に思えてくる。カネにものをいわせて結婚を迫った……みたいな」

「そんなふうに思ったことなんかないですよ！」

「そうか？」

「一度もないです！」

懸命にこくこく頷いてみせる。

「なら、いいんだが。じゃあ、約束だ。これからはイヤなことはイヤだとはっきり言うこと。逆に、したいことがあれば、そのときもちゃんと言う」

「わかりました」

「あと、会社以外では敬語禁止」

「はい」

「だからそれやめろって」

「あ。えっ……と。う、うん……わかった……？」

「よし。じゃあ、そろそろ帰るか」

孝仁が無造作に立ち上がり、紫音は焦った。

（えっ、観覧車乗らないの？）

「あ、あの！」

意を決して紫音は孝仁の袖口を掴んだ。

「なんだ？」

「その……観覧車……乗りたい」

ふっと笑って、孝仁は紫音の頭をぽすんと撫でた。

「そうだったな。じゃ、行くか」

「……うん！」

自然とそのまま腕を絡め、歩き出す。

やっと一歩踏み出せた気がした。

借金の負い目だけでなく、孝仁がモデル並みのイケメンなのも、気が引けてしまう一因だった。

実際、彼に目を留める女性客は大勢いたのだ。それこそ歩いていても、ベンチで休憩していても、食事中でも。

孝仁自身は視線を向けられることなどとっくに慣れっこで、まったく気に留めていない。

気にしているのは紫音自身だ。隣にいるのが本当に自分でいいのだろうかと悩んでしまう。

しかしそれでは確かに信用していないと言われても仕方がないかもしれなかった。彼の想いよりも人目を気にしているのだから。

自分自身の気持ちからも目を背けて。

自分の、気持ち——。

(わたし、孝仁さんのことが、好き……なのかも？)

ここまで来ても保留にしてしまう自分に呆れつつ、紫音は間近に感じる引き締まった筋肉質の感触にドキドキしていた。

観覧車にはゴンドラの種類がいくつかあった。

通常のゴンドラの他に監獄風の金網張りで足元が透けて見える吹きさらしのものと、床から天井まで透明な素材で作られたもの。

「……孝仁さん、ああいうの乗りたいんでしょ」

彼の視線をたどり、警戒しつつ尋ねる。

「乗りたいが、紫音がイヤなら普通のでいい」

少し考え、紫音は頷いた。

「乗ってもいいで……すよ」

途中で『敬語禁止』を思い出して変な喋り方になってしまう。孝仁はパッと破顔した。

「いいのか？　じゃあ、あれ」

彼が指さしたのは、吹きさらしの監獄ゴンドラだった。

（やっぱり～……）

ひくりと顔が引き攣ったが、絶叫マシンと違ってゆっくりだから大丈夫だと自分に言い聞かせる。

少し並んでゴンドラに乗り込み、ステンレスメッシュの足元から見える地面がどんどん遠くなっていくと、
無意識に紫音は孝仁にすり寄り、腕にしがみついてしまった。

「本当によかったのか？」

「だ、大丈夫。ゆっくりだから。か、風が気持ちいいね……」

「下見るなよ。ほら、富士山が見えるぞ」

「わ、本当だ。綺麗！」

白い雲の点在する青空をバックにそびえる富士山を、五〇メートルの高さからスマホの写真に収める。

「ふたりで撮ろう」

顔をくっつけあって、ドキドキしながら画面を見上げた。

そのドキドキがスリルによるものなのか、くっついているせいなのか判然としない。たぶん両方合わさって掛け算になっているのだろう。

これが吊り橋《つ ばし》効果というやつだろうか。

孝仁がそれを狙ったのかどうかはわからないが、もしそうだとしても、まんまと思うつぼにはまったことを悔しいとは思わなかった。

むしろそれでためらいをえいやっと飛び越えられた気がする。

写真を撮り終えて姿勢を戻そうとすると、ぐいと引き寄せられて唇が重なっていた。

「……⁉」

反射的に目を見開くと、合わさった唇をちゅうと吸われて頬が熱くなる。

「ちょっ、孝……っ、みっ、見え、見られっ――」

「見られないって」

「でも、んむッ」

逃げ場がないのをいいことに唇をふさがれてしまう。

全面金網張りとはいえ、確かに前後に並んだゴンドラからは見えない。地上からは丸見えだが、しげしげ見上げている暇人もいないだろうし、今はまだ高所だからいいとして。

だんだんと地上が近付いてきてもなかなか孝仁が離してくれず、肩口を叩《たた》いているうちにやっと解放された。

「もぉ、強引なんだからっ……」

「悪い」

「悪いなんて思ってないでしょ」

「本気で嫌がったらやめた。イヤだった？」

「イヤではないけど……その、雰囲気というか……」

ごにょごにょと口ごもると、孝仁は笑って紫音の頭を撫でた。

「観覧車の中でキスするのは雰囲気ないか」

「普通のゴンドラなら。吹きさらしのゴンドラじゃ、罰ゲームかなんかみたい」

「じゃあ、後でやり直すとしよう」

言質を取られた⁉　と青くなると、くっくと上機嫌に彼は笑った。

睨んでも、ますます嬉しそうな顔をされるばかり。

なんだか悔しくなって、そっぽを向く。

(初めてのキスだったのに)

いや、初めてではなかった。熱で朦朧とした孝仁にキスされたのが最初だ。『ユキ』と間違われて。

思い出してもやっとしていると、本気で怒らせてしまったかと孝仁は焦り出した。

「すまん。調子に乗って悪かったよ」

「別に怒ってません」

「怒ってるだろ、また敬語だ」

「怒ってないってば。人前で恥ずかしかったの！」

「奥ゆかしいんだな。ますますかわいいぞ」

にっこりされ、もう降参するしかないわと諦めて紫音は彼に手を引かれるままにゴンドラを降りた。


夕方には都内に帰り着き、ホテルの和食レストランで食事をしてマンションへ戻る。

先に入浴と歯磨きを済ませた紫音は、リビングでＴＶを見ながら髪を乾かした。普通は洗面所で乾かすのだが、孝仁が入浴中だとなんとなく落ち着かない。

ちょうど乾いた頃に孝仁が和服姿で出てきた。

「ドライヤー使う？」

「ああ」

洗面所で彼がドライヤーを使う音を聞きながらソファでぼんやりＴＶを眺めていると、戻ってきた孝仁が尋ねた。

「何か飲むか」

「んー……。ビール？」

紫音は銘柄にこだわりがないので、孝仁がいつも買っているグリーンの瓶に入ったものを飲ませてもらっている。

いつものように、もたれあってネット配信の映画を観《み》た。配信が始まったばかりの新作。観たかったはずなのに、何故だか集中できない。

気がつけば映画は終わっていて、ばつの悪い気分で紫音は立ち上がった。

ビール瓶やグラスを片づけようとすると、急に手を引かれ、孝仁の膝に転げ込んでしまう。

「あ、危ないじゃないですかっ」

「敬語は禁止と言ったはずだ」

「仕方ないでしょ、そんなすぐには変えられないよ」

わざと乱暴に言い返すと、にっこりと頬を撫でられた。

「そうそう。それでいい」

むぅ、と口を尖《とが》らせると、ますます上機嫌に頭をわしゃわしゃされてしまう。

彼の手首を両手で掴み、紫音は言い返した。

「孝仁さん、わたしのこと本当に好きなの？　ペット代わりにかまいたいだけなんじゃないの」

「かまい倒したいのは本当だが、ペット代わりとは心外だな。なんでそんなこと言うんだ」

「だって犬とか撫で回してるみたいな手つきで、色気も何も――」

あったもんじゃない、と言いかけて、慌てて紫音は跳ね起きた。

「わ、わたしもう寝ますねっ」

言い終わらないうちにふたたび引き戻され、身体を反転させて組み敷かれた。

端正な顔がぐっと近付き、一気に鼓動が跳ね上がる。

「観覧車でキスしたときもそんなことを言ってたな。雰囲気がどうとか」

「あれはその」

「つまり、色っぽい雰囲気を出してもいいわけだ。むしろ出してほしいと」

「だ、出してほしいとは言ってません」

焦ってまた敬語に戻ってしまう。

「いや、言った。言ったも同然だ」

「それは言ったことには――」

唇をふさがれて紫音は目を見開いた。

反射的に着物の襟元を掴んでしまったが、押し返せずに硬直する。

ちゅう、と唇を吸われ、思わず身震いしてしまう。イヤだからではなく、妙に身体の芯がぞくっとしたからだ。

焦って紫音は身じろいだ。

「あ、あの、孝仁さんっ……」

「そういえば、後でやり直すって約束したっけな」

「へっ？　えっ、あっ、あれは約束っていうか」

孝仁が独り決めしたんじゃないかと言い返そうとすると、やけに真剣な目付きでじっと見つめられてドキンと心臓が跳ねた。

「おまえさ、本当のところ、俺のことどう思ってるんだ？」

「ど、どうって」

「感謝してる、とかはナシだぞ」

「え。あ、うー……」

「好きか、嫌いか」

「き、嫌いじゃないですってば」

「じゃあ好きか」

「た……たぶん」

「はっきりしないな」

「すみません。でもわたし、その、恋愛経験？　が、乏しすぎて……『好き』っていうのが、よくわからないというかっ……」

ふむ、と彼は身を起こして顎を撫でた。

「俺が嫌いではないんだな？」

「嫌いじゃないです、それは絶対」

「俺とキスするのは？」

「い、イヤではないです……」

「じゃあ、俺とセックスするのは？」

「セッ……⁉」

「イヤなのか？」

「わ、わかりません！　したことないですもん」

「そうか、紫音は処女だっけな」

「はっきり言わないでくださいよっ」

「別に恥ずかしがることないだろ。そういうのは人それぞれなんだし」

慰めではなく、本当に気にしていない顔でさらっと言われると羞恥心がいくらか鎮まった。

「結婚してからじゃなきゃイヤとか？」

「別にそういうわけでは……」

「結婚前に身体の相性も確かめておいたほうがいいよな」

「そ、そうですね」

「じゃあ、しよう」

「はぁ⁉」

「忘れてるようだが、俺はおまえにプロポーズしたんだぞ。今は結婚を前提にお試し同居中だ」

「忘れてはいませんが……そうでした」

「そろそろしてみてもいい頃合いじゃないか？　俺の我慢も限界に近い」

「え。我慢してたんですか」

「あたりまえだ。とぼけたやつだな」

「す、すみません。孝仁さんはそういうのあんまり興味ないのかと」

「そんなわけあるか！　嫌われたくない一心で我慢してたんだぞ」

驚きもあったが、それ以上にホッとしている自分に気付き、そっちのほうに紫音は驚いた。

同居を始めてそろそろ三週間。最初は警戒して身構えていたものの、迫られないことに安堵すると今度は逆に不安を覚え始めていたのだった。

自分には魅力がないのかな……と。

「わ、わかりました。それじゃ、その、し、し、しましょう」

懸命に羞恥をこらえて答えると、目を瞬いた孝仁が噴き出した。

「なんで笑うんですか⁉」

「いや、かわいいなぁと思って」

くっくっと喉を震わせる孝仁を憤然と睨む。

彼は機嫌を取るように甘い顔になって囁いた。

「本当に、紫音はかわいいな」

ふたたび唇が重なった。

今度は唇が触れ合ったことよりも、そのあたたかさにドキドキしてしまう。

角度を変えながら、やわらかく食《は》むように繰り返しくちづけられるうち、少しずつ紫音の身体からこわばりが解けていった。

そのタイミングを狙い澄ましたかのように、ゆるんだ唇の隙間から熱い舌がにゅるりと口腔《こうこう》内に侵入する。

目を見開き、反射的に彼の胸板に手を突っ張ったが、逆に逃がさじとばかりに全力で抱きすくめられてしまった。

「んっ！　んんーっ」

観覧車のときと同じように胸板を叩くと、舌をきつく絞られて生理的な涙でじわりと瞳が潤む。噛みつくように唇を吸われるうちに、わけがわからなくなった。

息苦しさで頭がクラクラして、襟を掴んでいた指先から力が抜ける。気付いた孝仁が唇を離し、やっと息が継げて紫音は喘いだ。

だが、呼吸を整える暇もなくふたたび唇をふさがれてしまう。

そんなことを何度も繰り返すうち、だんだんとキスのあいまに息継ぎできるようになった。

「紫音……」

熱で朦朧としたような、欲望の籠もった視線で見つめられ、ぞくんと身体の芯が疼《うず》いた。

おずおずと彼の背に腕を回し、ふたたび唇を合わせる。飢えたようなくちづけに、否が応にも昂奮《こうふん》を煽《あお》られてしまう。

互いの唇を貪りあいながらパジャマの上からそろりと乳房に触れられて、紫音は我に返った。燃えるように頬が熱くなる。

（は、恥ずかしい……）

ふたたびこわばった身体をなだめるようにゆるゆると胸をまさぐられ、今度は打って変わって優しく唇をついばまれる。

すらりと長い孝仁の指がひとつひとつボタンを外し、ついに胸をはだけられてしまった。

食い入るように見つめる視線を感じ、消え入りたい気分になる。

（ど、どうしよう。小さい……とか、がっかりしてる……⁉）

実際さほど大きくはない。

ぺったんこではないにせよ、巨乳からはほど遠いサイズだ。

（やっぱり大きいほうが好みなのかな……⁉）

あわあわしていると、そっと乳房を掌《てのひら》で包まれる。

「ひゃんっ」

反射的に悲鳴を上げた途端、たじろいだように手が離れた。

「すまん。痛かったか？」

「い、いえ、その……。び、びっくりして……」

しどろもどろに答えると、彼は苦笑してなだめるようにキスした。

「ほんとかわいいな、紫音は。でも本当に痛かったら言えよ？」

「はい……」

「敬語禁止」

「う、うん」

焦って頷くとそっと身体を引き起こされ、羽織っていた薄手のカーディガンごとパジャマの上を脱がされた。

ズボンも引き下ろされ、ショーツだけにされてしまい、紫音は赤面した。

ショーツのクロッチ部分を指で撫でられ、びくりと身体がしなる。

孝仁は紫音にキスしながらゆるゆると指を動かした。

薄い布一枚を隔て、蜜口を探られる。敏感な花芽は間接的にくすぐられただけで反応を示し、ぷっくりとふくらみ始めた。

カリカリと引っかくように刺激されるうち、クロッチ部分はしっとりと湿って秘処に張りつき、さらにダイレクトに刺激が伝わってくる。

「……濡れてるな」

彼が囁き、紫音は耳まで赤くなった。

「感じてる?」

羞恥を堪え、こくりと頷くと、褒めるようにキスされた。

「直接触ってもいいか?」

「ん……」

お腹《なか》の奥がむずむずする感覚に、無意識に腰をくねらせながら紫音は頷いた。

粘膜に張りついていた布地が剥《は》がされる感触に、ぞくんと身体が震えた。

とろりとこぼれた蜜を指に絡め、ゆっくりと彼の指が前後する。

「ぁ……」

熱い溜め息がこぼれ、紫音は胸を弾ませた。

充血したクリトリスの根元から撫で上げられるたび、ぞくぞくと戦慄が背筋を駆け抜ける。

くちゅくちゅと蜜溜まりを掻き回す音が、ひどく卑猥《ひわい》に響く。

その音にも昂奮を煽られ、下腹部が不穏に蠢《うごめ》いた。

「あ……だめ……」

じっとしていられなくて、ソファの背もたれに指を這《は》わせる。

喘ぎながら頼りなく首を振っているうちに、下腹部の疼きは耐えがたくふくらんでいき、くなくなと腰が揺れた。

きゅぅうっと内奥がねじれるような感覚とともに、紫音は恍惚《こうこつ》に達していた。

眼裏でちかちかと光が瞬く。ぼんやりと放心する紫音の目許にキスして孝仁が囁いた。

「達《イ》ったな。気持ちよかった？」

「ん……」

朦朧と頷き、キスをねだるように顔を上げる。

合わさった唇の間から滑り込んだ舌が、紫音の舌に絡みつく。同時に蜜まみれの指がつぷりと隘路《あいろ》に沈んだ。

そのまま付け根まで挿入される。じゅっと舌を吸われ、心地よさとかすかな痛みに瞳が潤んだ。

口腔を舐《な》めしゃぶりながら指を抽挿され、紫音はがくがくと腰を揺らした。

ふたたび訪れた恍惚に背をしならせる。

さんざん舌を吸いねぶると、彼は今度は乳首を責《せ》め始めた。

秘処を弄《いじ》りながら、空いたほうの手で乳房を揉《も》みしだき、ピンと尖った先端に軽く歯を立て、舌先で乳暈《にゅううん》をつつくように刺激する。

「やっ……だめ、それ……っ」

彼のうなじに腕を回し、すすり泣くように訴えるも、抗議は甘く強引なくちづけで封じられた。

初めてなのに指戯だけで何度も達《イ》かされて、紫音はすっかりわけがわからなくなっていた。

「……挿《い》れるぞ？」

低音の甘い囁きに、意味を考えることもできず紫音は頷いた。

濡れそぼり、充血した蜜口に、猛々《たけだけ》しく隆起したものが押し当てられる。

それがなんなのか意識する前に、張り出した先端がぬくりと沈んだ。

そのまま勢いに乗って一気に処女を貫かれ、紫音は悲鳴を上げた。

「いっ……！」

詫びるように、なだめるように、何度も唇を押しあてられる。

ようやく衝撃が収まると、孝仁と自分がぴったりと繋がっていることが、密着した部分から直に伝わってきた。

「すまん。痛かったな」

「ん……」

頷くと、いたわるように唇が重なった。

孝仁の背に腕を回し、いつのまにか彼が着物を脱ぎ捨てていたことに気付いた。

おずおずと、彼の背中に指を這わせる。

固い肩甲骨としっかりした筋肉の感触に、不思議な感慨を覚えた。

くちづけを交わしながらしばらく抱き合い、慎重に彼は動き出した。

初めて雄芯を受け入れた処女襞は脆《もろ》く張りつめていたが、ゆっくりと前後されるうちに少しずつ解《ほぐ》れ、柔軟さを増していった。

奥処《おく》から誘い出された蜜が剛直の動きを助け、抽挿がスムーズになってゆく。

「痛くないか?」

「だいじょ……ぶ……」

紫音は頷いてみせた。

痛みがなくなったのではなく、半ば麻痺《まひ》したようなぼんやりした疼痛《とうつう》はあったのだが、それ以上に不思議な心地よさを感じていた。

隔てるものなく繋がって、リズミカルに突き上げられることに、紫音は確かに快楽を覚えていた。

「気持ちぃ……から……」

囁くと孝仁は微笑んで紫音にキスした。

腰を引き上げられ、太棹《ふとざお》が勢いを増して前後する。そのたびにじゅっぷじゅっぷと猥りがましい水音が上がり、否応《いやおう》なく昂奮を煽られる。

「は……っぁ……、たか、ひと……さん……」

ぎゅっと抱きついて、不器用に腰を蠢かせる。

「紫音……。出していいか、このまま。最初だけ」

ちらと危惧が頭をかすめたが、こくりと紫音は頷いた。

彼を受け止めたいと思った。想いを確かに受け取ったというしるしに。

紫音にキスして孝仁はふたたび腰を動かし始めた。

次第に抽挿が単調になり、呼吸が荒くなる。低く呻き、ぐっと腰を押しつけて彼は精を放った。

同時に紫音も絶頂に達した。痙攣《けいれん》する襞が雄茎に絡みつき、絞り上げる。

「……好きだ、紫音。愛してる」

火照る身体を繋げたまま彼は囁き、幾度も甘い接吻《せっぷん》を繰り返したのだった。

第五章　彼との距離

気がつくと孝仁のベッドの上で抱きしめられていた。

眠っていたのか、気絶していたのか、移動した記憶が全然ない。

下腹部にあたる感触で彼の欲望がすでに復活していることに気付き、紫音は焦った。

「え？　あの……？」

「もう一回しよう。今度はちゃんとゴムつけるから」

そう言われて思い出し、今更ながらにうろたえる。

「心配するな。できたらすぐに入籍すればいい」

嬉しそうに囁かれると墓穴を掘ったような気がしてくる。

だが、快楽を極めたばかりの身体はひどく敏感になっていて、少し刺激されただけで新たな蜜をこぼし始めてしまう。

「あ、あの！　孝仁さんっ……」

「ああ、そうだな。このままするのもまずいか」

裸のままバスルームに連れて行かれ、彼が放ったものを指で掻き出された。自分ですると抗《あらが》ったが聞き入れられず、死ぬほど恥ずかしかった。

しかも刺激で否応なく感じてしまい、そのまま絶頂まで連れて行かれた。

恍惚としたままベッドへ運ばれ、脚を大きく広げられて紫音は我に返った。

「ちょ、ちょっと、何を……⁉」

「怪我《けが》してないかよく確かめないと」

「え……ちょ……っひゃあ！」

紫音は上擦った悲鳴を上げた。しげしげと秘処を覗き込んでいた孝仁が、いきなりクリトリスを舐め上げたのだ。

「やぁっ……そんなとこ舐めちゃだめっ」

「しみる？」

「しみないからっ。だめだったら！　き、きたなっ……」

「ちゃんと洗ったんだから汚くない」

平然と孝仁は舌で花唇を探り続ける。ちゅぷちゅぷと耳をふさぎたくなるような卑猥な音が寝室に響き、白濁と一緒にお湯で流された愛蜜が、刺激でふたたび滴り始めた。

(だ、だめ……また……っ)

口許を両手でふさぎ、背を反らす。たまらずに紫音は達してしまった。

涙ぐんではぁはぁ喘ぐあいだも孝仁は口淫をやめようとせず、続けざまに蜜襞が痙攣した。

「んっ……ふぅ……」

びくっ、びくんと震える腿《もも》を、孝仁は優しく撫でた。

「何度も達ってくれて嬉しいよ。紫音が達するたびに実感が湧くんだ。本当に、紫音が俺を受け入れてくれたんだって」

彼は紫音の膝裏に手を入れ、痙攣する秘処を剥き出しにした。

「……さぁ、もう一度だ」

痙攣の収まらない蜜口に、怒張しきった剛直が押し当てられる。蜜と唾液のぬめりを借りて、それは一息に最奥まで滑り込んできた。

「ひぁあっ……！」

ごりりと奥処《おく》を穿《うが》たれ、紫音は泣き声めいた悲鳴を上げた。突き上げられるたびに下腹部がきゅうきゅう疼き、淫靡《いんび》な吐息が唇を突く。

「……本当に感じやすいな、紫音は」

舌なめずりするかのように囁かれただけで、他愛《たあい》なくも達しそうになってしまう。

いったい自分はどうしてしまったのかと紫音は泣きたくなった。

ほんの一時間かそこらで、まるで違う身体になってしまったみたいだ。

「ひどい……」

「ん？　何が」

「こんな……エッチなことばっかり……」

「紫音を気持ちよくしてあげて、俺も一緒に気持ちよくなりたいだけさ」

顎《あご》を掬《すく》われ、甘く機嫌を取られれば、ぞくりと痺《しび》れるような快感が込み上げて抗う気力が萎えてしまう。

さらに二回、絶頂を極めさせられた挙げ句、紫音は失神同様に眠りに就いたのだった。


翌朝は目覚めるや否や臨戦態勢で待ち構えていた孝仁に貫かれた。

我慢しすぎたのか、孝仁は箍《たが》が外れたように劣情の収まる気配がない。少し休むとすぐに復活して挑んでくる。

紫音は嵐に巻き込まれた木の葉のごとく翻弄され、啼《な》かされた。

恍惚から醒める暇もなく淫戯に耽溺《たんでき》し、ようやく孝仁が満足したときにはすでに日が傾いていた。

やっと理性の戻った孝仁は、疲れ果ててぐったりした紫音をひたすら甘やかし、機嫌を取った。

紫音の好きな料理を作り、自ら食べさせようとまでした。

さすがにそれは断ったが、出し巻き卵を始め、好きなものばかり食卓に並べられると、いつまでも怒ってはいられない。

実際は怒るというより疲れてぐったりしていただけなのだし。

その夜は自分の部屋で寝ようとしたが、絶対何もしないからと懇願されて孝仁の寝室で一緒に休んだ。

今になって気付いたが、最初に看病をしたときはセミダブルだったのに、いつのまにか立派なダブルベッドになっていた。ふたりが会社にいる平日昼間に業者に設置させたに違いない。

主寝室は三〇㎡くらいあるからまだまだ余裕だ。もともとダブルベッドを入れる前提で作られているのだろう。

あくまでお試しのつもりだったのに、彼のほうはすっかり結婚する気で着々と準備を進めていたらしい。

勝手なことをと腹が立つよりも手際のよさに感心してしまう。

このままなし崩し的に結婚に持っていかれるのでは……と危ぶむ気持ちがないでもないが、彼と結婚するのがイヤだというわけではない。

むしろ、ぐずぐずといつまでも踏ん切りがつかない自分に呆れるくらいだ。

父の言うとおり、申し分のない結婚相手ではないか。いや、申し分がなさすぎて、現実感が追いつかないのかも……？

これまでごくごく平凡な人生を送ってきた紫音には、孝仁のようなセレブに自分が見初められるとはどうしても思えなかった。

そういうキラキラな人々は完全に別世界の存在で、自分ごとき平凡を絵に描いたような人間には無縁だと思い込んでいた。

孝仁なら美人でお金持ちのセレブお嬢様を選び放題だろうに、どういうわけか紫音以外眼中にないらしい。

身体を繋げてもそれは変わらず、むしろ溺愛度合いが一気にメーターを振り切った感がある。

満足してもらえたのなら、まぁいいのだろうけど……。

昨日までの自分が、なんだかひどく遠く思えてしまう。

ご満悦の孝仁に抱きしめられて眠りに就きながら、紫音はそっと溜め息をもらした。


翌日は在宅勤務にした。初体験にもかかわらず二日にわたって執拗《しつよう》にがっつかれ、彼を受け入れた部分はもとより身体中《からだじゅう》が痛い。

孝仁には休めと言われたのだが、妙な意地と反発から在宅にした。

月嶋家具は最大で週四日まで在宅勤務が可能で、子育て中の女性も働きやすい。

実際、企画室にはもうひとり内田《うちだ》という女性社員がいて、産休明けから基本在宅勤務となり週に一度だけ出勤してくる。

いつもは紫音が朝食を作るのだが、今日は孝仁が作って寝室まで持ってきてくれた。

彼が出かけた後、広いベッドでうとうとしていると、寝室のドアをノックする音がした。

孝仁が戻ってきたのかと応じると、女性の声が聞こえてぎょっとする。

「おやすみのところ申し訳ございません。家政婦の中田《なかた》と申します。これからお掃除をさせていただきますので、物音がするかと思いますが、かまわないでしょうか?」

「は、はい！　大丈夫です、よろしくお願いします」

飛び起きた紫音は、ベッドで正座して答えた。

「かしこまりました。失礼いたします」

丁重な返事があって、やがてリビングのほうから掃除機の音が聞こえてくる。

（そっか。今日は家政婦さんの来る日だっけ）

毎日出掛けにお掃除ロボットを動かし、目につけばワイパーがけもしているが、週に二回来る家事代行サービスのスタッフが複数あるバスルームやトイレも含め、家中を徹底的にきれいにしてくれる。

紫音の部屋も、掃除機がけやベッドメイキングをしてもらっていた。散らかった状態を見られるのは恥ずかしいので、ものを出しっぱなしにしないよう気をつけるようになった。

仕事しようかなと思ったが、もう少しだけとふたたび横になる。またノックの音がして時計を確かめると、すでに正午を過ぎていた。

（しまった、寝すぎた！）

「失礼いたします。奥様、おやすみでしょうか?」

「お、起きてます」

奥様じゃないけど！

「簡単なお昼を用意しました。もしよろしければ、お召し上がりのあいだにこちらのお掃除をさせていただこうかと思うのですが」

「あ、はい。わかりました。今出ます」

急いで部屋着に着替え、リビングダイニングへ向かう。

食卓には中華粥《がゆ》と点心が並んでいた。ジャスミン茶を淹れていた五十代半ばほどの女性が居住まいを正してお辞儀する。

「家事代行サービス・バンティーズの中田です。本日はお休みのところお騒がせして申し訳ありません」

「と、とんでもない。いつもありがとうございます」

「どうぞごゆっくりお召し上がりください。こちらのお掃除は済みましたので」

愛想よく微笑んで彼女はリビングを出ていった。やがて掃除機の音がかすかに聞こえてきた。用意された帆立風味の中華粥はとても美味しかった。

食べ終えた食器を食洗器に入れ、パソコンを開いて仕事を始める。

確認が必要なことはチャットでもできる。孝仁がふだんどおりに仕事している様子を見ると、やはりちょっとおもしろくない。

今度からは自制してもらいますからねっ、と、クールな表情のアイコンを睨む。

途中でコーヒーを淹れながら仕事していると、掃除の終わった中田家政婦が戻ってきて、これから食事の支度をするが、かまわないかと尋ねられた。

「もちろんです。いつも美味しい食事を作っていただいてありがとうございます」

「そう言っていただけると嬉しいですわ。リクエストがあればお受けしますので、いつでもご連絡ください。――あ、そうだわ。苦手なものはありますか？　アレルギーは」

特にないと答えてお任せし、時折お喋りしながら仕事を続けた。

中田家政婦は一年前に孝仁がこのマンションに越してきたときから担当しているという。

驚いたことに、孝仁はこの部屋を借りているのではなく所有していた。購入したのではなく、一棟まるごと彼の持ち物なのだ。

つまり彼はこのマンションのオーナーなのだった。

「他にもいくつか物件をお持ちのようですよ」

こともなげに言われて唖然としてしまう。大企業の御曹司であるばかりか、マンション経営までしていたとは……。他社との雇用関係にないから社内規定には引っかからないが。

（どうりで太っ腹なはずだわ）

爪の垢《あか》でも煎じて兄に飲ませたい。

そう考え、紫音は改めて兄はいったい今どこで何をしてるんだろうと溜め息をついた。

連絡があったらすぐ知らせるよう両親に頼んであるが、未だなんの音沙汰もない。

そうこうする間に中田家政婦は手際よく二日分の料理を作り終え、連絡用のボードにメニューを書くと丁寧に挨拶をして裏口から出ていった。

帰宅した孝仁にマンションの件について尋ねると、「言ってなかったか？」と不思議そうな顔をされた。

「聞いてません」

「また敬語だな。拗《す》ねてるのか。かわいいな」

「じゃなくて！」

猫みたいに喉をくすぐられて身を捩《よじ》る。

「本当にここ、マンションごと孝仁さんが持ってるの⁉」

「ああ。副業で賃貸をやってるんだ」

他に二カ所あり、三棟目となるここの最上階が気に入って越してきたそうだ。

「会社にも近くて便利だし」

「よくそんなにあれこれできますねぇ。会社だって忙しいのに」

「仲介業者に委託してる。メンテナンスも任せてるし、家政婦の派遣もそこに頼んだ」

「あ。今日会いましたよ、家政婦さん」

「そうか。俺は契約の時に会ったきりだな」

中田さんが用意してくれた料理で夕食を摂り、リビングでしばらくごろごろして早めに自室へ引き上げようとしたのだが、一緒に寝たいとごねられ、お姫様抱っこで彼の寝室へ連れて行かれた。

機嫌を取られ、甘やかされて、なんだかんだでイチャついているうちに、結局また抱かれてしまった。

痛みはまだ少し残っていたものの、挿入前に何度も達《イ》かされ、指や舌で丁寧に花びらをほぐされたので快感にまぎれてほとんど苦痛は感じなかった。

そのままされたのは最初のときだけで、それからはちゃんと避妊具を着けてくれている。数日経つと予定どおりに生理が来て、紫音はホッとした。

生理中は別々に休みたいと言うと、孝仁はしぶしぶ承諾した。在宅中はひとときも離すものかとばかりにくっつかれているので、たまにはひとりでのんびりする時間があってもいい。

身体を繋げたことで、どこかままごとめいていた同居生活は、急速に現実味をおびてきた。

それまで曖昧模糊《あいまいもこ》としていまいちピンと来なかった『結婚』に、紫音はようやくリアリティを感じ始めたのだった。


梅雨が明けると晴れた猛暑の日が続いた。ショールームや配送センターは夏休みも交替制だが、本社は部署別に一斉に休む。

ちょうどその頃に月嶋家では恒例の茶会が催される。

月嶋家は都内に広大な邸宅を所有しているが、茶会は国立博物館の庭園にある五つの茶室をすべて借り切って行なわれる。

それぞれの茶室で月嶋家の人々が亭主となり、招待客をもてなすのだ。

今回は社長夫妻と長男である孝仁、次男の直樹がそれぞれ一棟を受け持ち、残る一棟を孝仁のすでに嫁いだ姉ふたりが交替で亭主を務める。

「本来は月嶋家の嫁が受け持つところなんだが、まだいないから」

「嫁って……」

「もちろん紫音だ」

にっこりされてうろたえる。

「わたしがするの⁉」

「いずれはな。大丈夫、基礎はできてるんだからちょっと練習すればＯＫだ」

そんな簡単に言われても！

同居を始めてから、すでに何度か紫音は孝仁の稽古に付き合っていた。

そう、付き合っただけだ。高校生の頃と同じく、お菓子に釣られて。

さすが免状を持っているだけあって、茶をたてる孝仁の挙措《きょそ》は堂に入っていた。彼は稽古のときは袴《はかま》を穿《は》くので、なんだか時代劇の戦国武将みたいな趣がある。

格好いいなぁと見とれていたが、自分が亭主役を務めるなんて考えたこともなかった。

「今回はお客さんとして気軽に楽しんでくれればいい。特別に注文した銅鑼《どら》屋の上生菓子も出る」

「それは嬉しいけど……。でもあの、やっぱり着物着ないとダメ……？」

「洋服でかまわないぞ。正式な茶事ではなく気軽な茶会だからな。洋服の客も多い」

「着慣れないから、洋服のほうが助かる」

「そうだな。じゃあ、何か買いに行くか」

「え。いいよ、手持ちのスーツかワンピースで」

去年、友だちの披露宴で着たワンピースがある。あれならお茶席でも大丈夫なはず。

あ、白い靴下を買わないと……などと考えていると、リビングを出ていった孝仁が洋服に着替えて戻ってきた。

「さぁ、行くぞ」

「え？　どこへ」

「決まってるだろ、服を買いに行くんだ。今思い出したが、まだ俺は紫音に服を買ったことがなかった。ショッピングといえばインテリアショップとか、趣味半分仕事半分みたいなところばかり行ってたからな」

「あ、あの。わたしだってよそゆきの服くらい持ってるし……」

「わかってる。俺が紫音に服を買ってやりたいんだ。うーんとかわいいやつを！」

目をキラキラさせて宣言され、せき立てられてデパートに連れて行かれた。

そして孝仁の見立てや店員のお勧めで何着も試着した挙げ句、紫音なら半額セールでも買うのをためらうようなものを三着もお買い上げして店員に最敬礼で見送られることとなったのだった。

茶会当日。紫音は白いレース襟のついたネイビーのシックなワンピースで茶会に出かけた。

亭主側の孝仁は準備があるので先に出た。ひとりで来られるか？　付き添いをつけようか？　と心配されたが、子どもじゃないんだからと断った。

美容室で髪をセットしてもらい、タクシーで会場に着くと、やっぱり誰か詳しい人に付き添ってもらえばよかった……と後悔した。

渡された招待状にはどの茶室で何時に、と明記されているから迷いはしないが、知らない人ばかりと思うと気が重い。

男性はスーツ姿も目立ったが、女性は着物の人が断然多かった。洋装が皆無というわけではなかったのでいくらか安堵する。

紫音に渡された招待状は、孝仁が亭主を務める茶室が指定されていたが、受付の様子では基本的にそれぞれの正客以外は指定がなく、先着順に好きな茶室を選べるようだ。

紫音が孝仁の茶室に招待されていることをスタッフとの遣り取り《やと》りから知ると、隣の受付で何やらごねていた若い女性がすごい目付きで睨んだ。

「誰？　あれ」

「見たことないけど」

「指定で招待されるってどういうこと」

ひそひそと囁かれ、尖った視線を向けられて、紫音はそそくさと受付を離れた。

どうやら孝仁の茶室は若い女性の招待客——たぶん月嶋家と付き合いのある企業や上流家庭の令嬢だろう——には特に人気があるようだ。

(当然か……。孝仁さんは次期社長を確実視されてる御曹司だもんね)

次男の直樹の受け持つ茶室もとっくに満員だ。

美容室に寄ったり渋滞に引っかかったりしたので、早めに出たつもりだったが紫音が着いた頃には大体割り振りが決まっていた。

案内に従って待合へ行くと、紫音が最後の客だった。歓談していた相客に会釈をし、緊張しきって末席に控える。

視線をチラチラ向けられて落ち着かないなか、持参した白靴下をどうにかストッキングの上から履いた。

今回の客は男性二名、女性四名の合わせて六名。孝仁と同年代の夫妻が年嵩《としかさ》の男性と親しげに歓談している。

どうやら孝仁の大学の同窓生と教授らしい。

それから若い女性客がふたり。知り合い同士のようで、険のある目付きを揃って紫音に向けてきた。

男性は全員スーツ姿だが、女性は紫音以外は着物だ。

やがて案内に現われた半東(お茶席の進行役)を見て紫音は驚いた。それは秘書課の岡本だったのだ。

彼女もまた紫音を見ると、驚くというよりはムッとした顔になったが、すぐに取り澄ました表情になって客を案内する。

正客は大学教授らしい男性で、次客は夫妻の妻のほう。それから女性客ふたり、紫音、末席のお詰めは夫妻の夫のほうだった。

お詰めはお道具を亭主に返すなどの大事な役割がある。

彼は紫音に気さくに笑いかけ、「大丈夫ですよ、コージンに聞いてますから」と囁いた。

とまどったが、すぐに思い当たった。孝仁のことだ。漢読みすればコウジンになる。謝意を込めて会釈を返し、孝仁の気遣いにも嬉しくなった。

客が席に着くと孝仁が入ってきた。

いつにも増してキリッとした秀麗さに改めてドキドキしてしまう。

指先を揃えて挨拶して、孝仁はお点前を始めた。ちらと彼と目が合った気がする。

自宅での稽古でもう何度も見ていたが、彼の袱紗《ふくさ》さばきや柄杓《ひしゃく》を扱う手つきは洗練されていて惚《ほ》れ惚《ぼ》れするほど美しい。今ではお菓子よりもそちらのほうが『美味しい』くらいだ。

彼が準備するあいだにお菓子が運ばれてきて、お辞儀を返す。お先に、と次席に断ってお菓子を軽く押しいただき、懐紙の上に載せた。

青い朝顔をかたどった涼しげな生菓子で、上品な甘さと口当たりを堪能した。

やがて点《た》てられたお茶を半東役の岡本が正客へ運ぶ。いつもは濃厚に香水を漂わせている彼女だが、さすがに今日はつけていなかった。

茶室にはごくかすかに伽羅《きゃら》の香りが漂っている。

孝仁が自ら点てたのは次客までで、その後は別室で点てられた茶が運ばれてきた。それから器の拝見や亭主との遣り取りがあり、茶会は無事終了した。

（はぁ、緊張した……）

茶室の外に出てホッと溜め息をつく。

お詰めの男性はやはり孝仁の同窓生で、弁護士だった。紫音の兄の件で相談し、債務関係に詳しい弁護士を紹介したという。

お礼を言って、少し立ち話をして別れた。

時間を置いて二回目のお茶席が始まる。終わっても片づけがあるから先に帰っていいと、あらかじめ孝仁から言われていた。

彼は最初、この機会に紫音を家族に引き合わせようと考えたが、ゆっくり紹介している暇はなさそうだと判断して取りやめた。

紫音としては残念というよりホッとした気分だった。まだちょっと心の準備が整わない。

せっかくだからのんびり博物館を見学してから帰ろうか、とぶらぶら歩きだすと、後ろからふいに声をかけられた。

「江端さん」

振り向けば岡本が奇妙な笑みを浮かべて佇んでいた。まるで着物の本に掲載されているモデル写真みたいな完璧な立ち姿だ。

涼しげな色合いの訪問着を、これまた完璧に着こなして、ふだんから着慣れているのがよくわかる。

我知らず劣等感を刺激され、紫音はきゅっと唇を引き結んだ。

「かわいらしいお洋服ね」

歩み寄った岡本に突然言われてとまどう。

「ど、どうも。岡本さんも、お着物よくお似合いです」

「ああ、これ。親しくしてる京都の老舗呉服屋さんに選んでいただいたの」

お高いのよ、と言外に自慢しながら、岡本はやや顎を反らし気味に紫音を眺めた。

「半東が岡本さんとは思いませんでした。てっきりお客様の側かと」

「次はお客側に回るわ。父が正客でわたしが次客」

「そうですか……」

岡本は月嶋家具の取引先の社長令嬢だ。茶会に招待されたのは当然として、はたして孝仁の茶室指定での招待だったのだろうか。

「それにしても意外だったわ。まさか江端さんがお茶席にいるなんて。間違って上がり込んだのかと思っちゃった」

「ちゃんと招待されてます！」

ムッとすると岡本は小馬鹿にしたように笑った。

「あぁらごめんなさい。ツキシマの社員も大勢手伝いに来てるでしょ？　だからてっきりあなたもそうなのかと」

受付の人なんとなく見覚えあるな……と思っていたけど、そうか、総務課の社員だ。

「こういう席には慣れていらっしゃらないようだし、何か失敗されたらお気の毒だなと思ってハラハラしてたのよ」

失敗すればいいと思ったんでしょ、と紫音は心の中であかんベーをした。

「多少の心得はありますし、前もってお稽古もしました。──室長と」

腹立ち紛れに付け加えたのはやりすぎだったかもしれない。

岡本は眦《まなじり》を吊り上げて紫音を睨みつけた。

「……あなた、ずいぶん月嶋常務に甘えているようね。いくら上司でも、借金の返済まで肩代わりさせるのはどうかと思うわよ」

恫喝するような低声に紫音はぎょっとした。

（なんで岡本さんがそのことを⁉　──あっ）

役員用の会議室。孝仁と兄の借金について話し合ったとき。

廊下に覚えのある香水の残り香が漂っていた。あのときは急《せ》かされて取り紛れてしまったが、確かにあれは岡本が愛用している香水だ。

「立ち聞きしてたんですか」

「わたしは月嶋常務の秘書だもの。動向を把握しておくのは当然の義務よ」

岡本は気取った表情をかなぐり捨てて紫音に迫った。

「どうやって誑《たぶら》かしたのか知らないけど、身の程をわきまえるべきじゃないかしら？　あなたみたいな女が月嶋家にふさわしいと思って？　父親は部長と言っても小さな下請け企業。母親はパート勤め。兄は多額の借金を作って失踪、自宅は抵当に入ってて差し押さえ寸前」

ずらずらと並べ立てられ紫音は唖然とした。

「な、なんでそんなことまで」

「それくらい、ちょっと人を使って調べさせればすぐわかることよ。あなたがずうずうしくも月嶋常務のお宅に転がり込んでることもね！」

語気荒く弾劾する岡本を、絶句して見返す。

岡本は頬を引き攣らせながら紫音の喉元に指を突きつけた。

「この服だって常務に買ってもらったんでしょ。服も、靴も。自分のお金じゃとても買えないものねぇ」

事実だけに言い返せない。

岡本はちらと視線を落とし、獲物を見つけた山猫みたいにほくそ笑んだ。

「……ああ、腕時計だけは自前らしいわね。安物だもの」

紫音の感覚ではけっして安くはなかったのだが、日常的にハイブランドに囲まれている岡本から見ればオモチャみたいなものかもしれない。

「しかもお茶席でもつけっぱなし。心得があるなんて気取ったところで、結局は付け焼き刃にすぎないってことよ」

紫音はハッとして腕時計を見た。

(しまった！　外し忘れてた)

茶会や茶事では金属製のアクセサリーは外すのがマナーだ。茶碗《ちゃわん》などをうっかり傷つけないためで、亭主に対して大切な茶道具を傷つけたりしませんという礼儀を示すことにもなる。

紫音とてそれくらいは知っていた。アクセサリーはシンプルな真珠のピアスだけで、指輪は最初から嵌めていない。

腕時計はなくてもスマホを見れば足りるが、いちいち取り出すのが面倒だ。待合で白靴下を履くときに外そうと思っていたのだが、緊張していたせいかすっかり忘れてしまい、岡本に指摘されるまでまったく気付かなかった。

「そのくらいの気遣いもできないようでは、常務にふさわしいお相手とはとても言えないわねぇ。洋服で来たのだって、着物では挙措に自信がないから恥をかきたくなかったんでしょ？」

図星の追い打ちをかけられて声も出ない紫音を、岡本がせせら笑う。

「ご存じかしら？　月嶋家の嫁になれば、こういう茶会で亭主を務めなければならないのよ。失敗すれば自分だけでなく月嶋家に恥をかかせることになる。あなたには荷が重すぎるんじゃない？　その点、わたしはお茶もお花もお免状をいただいているし、文句のつけようのない美人だし、家は裕福で社会的地位も高い。なーんの心配もないわ」

ホホホ、と岡本は気取った笑い声を上げ、侮蔑の視線を紫音に向けた。

「わかったらさっさと常務と別れなさい。どうせ遊ばれてるだけなんだから、飽きられて捨てられる前に自分から別れたほうが傷つかずに済むんじゃない？」

言いたい放題言って、さっと岡本は踵《きびす》を返した。

上品に裾を捌《さば》いて立ち去る岡本を、紫音は呆然と見送っていた。

第六章　本当の気持ち

すごすごとその場を後にした紫音は、気付けば孝仁のマンションではなく自分の１Ｋに帰ってきていた。

クローゼットに残っていた部屋着に着替え、壁にかけたワンピースをぼんやり眺めているうちに時間は過ぎ、チャイムの音で我に返ると部屋は薄暗くなっていた。

さらにチャイムが連打され、スチールドアをガンガン叩く音に孝仁の声が混じる。

「紫音？　いるのか？　俺だ」

固まっていた紫音は、ホッとしてドアを開けた。

そのとたんガバッと抱きすくめられて息が止まりそうになる。

「よかった、いたんだな」

「い……いました」

ほーっと安堵の吐息が聞こえ、ドキドキしながら答える。

紫音をぎゅっと抱きしめた孝仁は、眉を逆立てて怒鳴った。

「心配したんだぞ！」

「ご、ごめんなさい。とにかく中へ……」

空気の入れ替えや掃除のために、これまでも時々戻っていたが、いつも事前に孝仁には知らせていたのだった。

「いくら電話しても出ないし、メッセージも読んでないんで焦った」

「あ……。マナーモードにしたままだったかも」

慌ててスマホを見ると、孝仁からの着信とメッセージで待ち受け画面が埋まっていた。

「うわ……ごめん」

肩をすぼめておそるおそる窺《うかが》うと、孝仁はハーッと嘆息した。

「交通事故にでもあったんじゃないかと気が気じゃなかったぞ。こっちに来るなら来るで、ちゃんと知らせろよな」

「ごめんなさい、そのつもりもなかったのに、気がつけば何故かここにいて……」

そんなに心配させたのかとうろたえて口ごもると、孝仁は眉間にしわを寄せてじっと紫音を凝視した。

「何かあったのか？」

「別に……。その、あんな大がかりなお茶会は初めてだったから……緊張しちゃったみたい」

「ちゃんと出来てたじゃないか」

「ほんと？」

ああ、と頷かれてホッとしつつ、気まずさに腕時計をそっと隠す。

「ごめんなさい。時計、外し忘れちゃった」

「別にいいさ。ブレスレットタイプじゃないから茶碗にぶつかる心配はない」

「でも、気遣いのない奴《やつ》だって思われたよね」

「うっかりしただけだと思ったさ。俺は全然気付かなかった」

孝仁の目は紫音に関しては甘すぎるのであてにはならない。

ローテーブルを挟んで向かい合っていた孝仁が、ふいに立ち上がったかと思うと紫音の傍らにどかりと腰を下ろした。

有無を言わさず抱きしめられ、目を白黒させる。

「な、何⁉」

「紫音成分補給」

「何よそれっ……」

頬をすりすりされて赤くなる紫音を、孝仁はベッドに投げ出して組み敷いた。

「ちょ、ちょっと孝仁さん⁉」

「不足分はきちんと補給しておかないと」

チュニックワンピースを捲《まく》り上げられ、躊躇《ちゅうちょ》も情緒もなくショーツを引き下ろされる。

あっというまに紫音を裸にすると、ネクタイをゆるめながら孝仁はニヤリとした。

「ついでに俺を心配させたお仕置きだ」

「へっ⁉　あっ、あれは、ついうっかり——」

「が事故の元なんだ」

「んむ」

唇をふさがれ、強引に舌を絡められる。

紫音は肩口を叩いて抗議したが、やっと解放されたときには瞳がトロンと潤んでいた。

孝仁はさらに唇を重ねながら服を脱ぎ捨て、乳輪ごと乳首にむしゃぶりつきながらぐにぐにと乳房を揉みしだいた。

早くも頭をもたげた欲望が腿の内側に当たっている。孝仁は両の乳首を気の済むまで責め苛《さいな》むと、紫音の膝を掴んで強引に脚を割り広げた。

ぞろりと熱い舌でぬるんだ秘裂を舐め上げられ、反射的に嬌声《きょうせい》を上げる。

紫音は慌てて両手で口を押さえた。この独身者向け1Kは孝仁のマンションとは違うのだ。あまり大声を出したら隣に聞こえてしまう。

「声出していいんだぞ」

甘く囁かれ、紫音は口を押さえたまま涙目でふるふるとかぶりを振った。もちろんわかってて言っているのだ。

孝仁は意地悪げな笑みを浮かべ、ふたたび秘処をなぶり始めた。

「ん……っ、ふ……ぅ……！」

舌先でつつくように花芽を刺激し、ちゅるっと音を立てて蜜を吸う。ぞくぞくと快感に身を震わせ、紫音はぎゅっと目をつぶった。

（だ、だめ……達《イ》っ……ちゃ……！）

「～～ッッ……」

媚壁が痙攣し、愉悦が襲いかかる。紫音は口許をきつく押さえたまま絶頂に達した。

そろりと内腿をなで上げられて、びくりと背がしなる。

紫音が恍惚の余韻に浸っているあいだに、孝仁は手早く避妊具を装着してふたたびのしかかってきた。

ギシ、とシングルベッドが軋《きし》む。

あ、と思ったときには貫かれていた。濡れた隘路を張りつめた怒張がいっぱいにふさいでいる。

さらに腰を入れられ、ごりりと奥《おく》処を先端が押し上げた。

「……全部入ったぞ、ほら」

密着した腰を押し回しながら孝仁が囁く。

力なく頷くと、なだめるように濡れた目許にキスされた。

「痛くないよな？」

「ん……」

こくんと頷いて彼のうなじに腕を回す。

緩急をつけて抽挿されながら喘ぎ声を噛み殺していると、ふいにずるりと剛直が抜け出ていった。

「……？」

見上げると孝仁はニヤッとして紫音の身体を裏返した。

「腰、上げて」

囁かれ、おずおずと言われたとおりにすると、尻朶《しりたぶ》を両手で掴まれ、ぐいっと左右に開かれた。

「ちょっ、何を……孝仁さんっ」

答えの代わりに、濡れた蜜口に先端が押し当てられる。

「えっ？　あっ、や……だめ……っ」

身を捩るも遅く、背後から猛杭に穿たれた。

そのまま抽挿が始まり、パンパンと肌がぶつかりあう淫らな音が上がって紫音は真っ赤になった。

肘で上体を支え、必死に受け止めるうちに、快楽に突き上げられて腰がくなくなと揺れ始める。

（や……っ。ど……しよ……っ。気持ちぃ……！）

シーツをぎゅっと掴む。

後背位で挿入されるのは初めてだったが、正常位とは違った部分をぐいぐい擦られる快感に気が遠くなりそうだ。

いつしか紫音は枕に突っ伏すような格好で、高く掲げた尻を喘ぎながら振りたくっていた。

「ふぁ……ぁんっ、んんっ」

「悦《い》いか？」

「ん、悦い……気持ちぃい……っ」

無我夢中で応じると、孝仁は律動を刻みながら上気した尻朶を機嫌よく撫で回した。

「俺も悦いぞ。紫音の此処《ココ》……すごく悦い」

甘い睦言《むつごと》にぞくぞくしてしまう。

紫音は媚《こ》びるようにお尻を振って、「もっと」とねだった。快感に頭が朦朧として、自分が何を言っているかもよくわからない。

勢いよくずぷずぷ穿たれ、突き当たった奥処《おく》をごりごりと刺激されて、下腹部がわななく。ひときわ濃厚な滴りが雄茎にまとわりついた。

孝仁は紫音を絶頂させると、恍惚とする紫音を膝に載せて胡座をかいた。

未だ痙攣の収まらない蜜襞を、滾《たぎ》る剛直が真下からずっぷりと貫く。

「ひッ……」

紫音は顎を反らし、かすれた悲鳴を洩らした。目の前でチカチカと星が乱舞する。

汗ばんで震える首筋を、孝仁の舌がねっとりと舐めた。彼は繋がった腰を巧みに揺らしながら紫音の乳房を揉みしだき、耳殻を舐め齧る。

「やぁ……っ。だめ、一緒にしな……ッ」

唇をふさがれ、ぬるんと舌が入り込んできて紫音は目を見開いた。

「ん……んんっ……」

絡めた舌をきつく絞られ、付け根からあふれた唾液をじゅぅっと吸い上げられる。羞恥と昂奮で涙がこぼ

れた。

その間にも紫音を貫く剛直は律動をやめない。

そのまま何度も絶頂させられ、最後にはふたたび正常位で抽挿されて、失神寸前で恍惚とする紫音の胎内で、ようやっと孝仁は欲望を解放したのだった。

狭いシングルベッドで抱き合って悦楽の余韻に浸りながら、紫音は奇妙な感慨に耽《ふけ》っていた。

(わたし、孝仁さんが好きなんだわ)

感謝とか引け目とか、そういうものをすべて取り払っても、やっぱりこの人が好き。

そのことを、自分は彼にふさわしくないのだと実感すると同時に自覚するなんて。

あるいは、だからこそ気持ちがはっきりしたのかもしれない。孝仁との別れを意識した途端、それまで曖昧に漂っていた感情が収束するように明瞭になった。

目の前の霧が晴れたように。

同時に足元が切り立った崖であることに気付いた。

孝仁がいる場所へは、どんなに手を伸ばしても届かない。ふたりのあいだには底が見えないくらい深い溝があって。

どうして気付いてしまったのだろう。彼のことが好きだなんて。

こんなことなら気付かなければよかったのにと嘆《なげ》きつつ、すぐ側にある体温《ぬくもり》を手放しがたくて、紫音は彼の腕の中で涙を呑み込んだ。

しばらくするとどちらからともなく起き上がり、デリバリーで夕食を摂ることにした。泊まってもいいと言われたが、体格のよい孝仁とふたりでシングルベッドは厳しい。

夕食の片づけを済ませると、近くのコインパーキングに停めてあった孝仁の車でマンションに戻った。

その夜はなかなか寝つけず、孝仁の寝息を聞きながら紫音はいつまでもやるせない物思いに耽っていた。


翌日はゆっくりと休み、それから二泊三日で高原リゾートへ出かける予定だったのだが、孝仁の祖父である月嶋家具の会長が急に入院したため中止になってしまった。

すまないと何度も詫びる孝仁を送り出し、紫音は広いマンションでひとりぼんやりと過ごした。

（最後に思い出作りたかったな……）

紫音は孝仁と別れようと決意していた。

岡本に暴言を吐かれたからではない。むろんそれもあるが——そのせいで自覚させられたのは確かだが、やっぱり住む世界が違う人なんだ……としみじみ感じたのが大きい。

岡本に言われたように彼に遊ばれているとは思わない。孝仁はそんないい加減な人じゃない。真剣に紫音のことを想ってくれている。

でも、やっぱり生まれ育ちが違いすぎる。

彼にとってはなんでもないことでも、紫音には大きな負担となることがたくさんあるだろう。大企業の経営者一族であり、大規模な茶会を定期的に催すようなハイソな人々なのだ。

お茶もお花も必要なら習うし、孝仁のためならがんばれる。

だが、それくらいのことで彼の家族に受け入れてもらえるだろうか？

（うちはもともと資産家でもなんでもないし、お兄ちゃんの借金ですでにすってんてんだしね……）

その借金を孝仁が弁済してくれたことを、月嶋家の人々は知っているのだろうか。

（絶対よくは思われない！　別れろって言われるに決まってる）

そう思うと岡本の暴言も正論に思えてくる。

これ以上の迷惑をかけないよう別れるべきだ。

そう頭ではわかっていても、孝仁が好きだと自覚してしまった今となってはこちらから別れを切り出すのは難しい。

（切り出したところで、あっさり承知するとも思えないし……）

気が合わないので結婚できないと言っても、嘘だとすぐにバレるだろう。紫音は嘘が得意ではないし、孝仁はことの真偽には鋭い。

短い同居生活ではあるが、我慢できないような性格の不一致というのも特になかった。もう何度もセックスして、少なくとも紫音に不満はない。孝仁だって満足してる……はず。

赤くなって紫音はもじもじした。

（わ、わかんないけど！　終わった後もいっぱいキスして、ぎゅってしてくれるし……）

愛してる、ってぞくぞくするような甘い低音で囁いてくれるし。

思い出しただけでボワッと赤くなっておたおたしていると、いきなり着信音が鳴り出した。

「ひゃっ⁉」

慌ててスマホを掴めば、間がいいのか悪いのか孝仁からだ。

「も、もしもし」

『紫音？　どうかしたのか？』

「な、なんでもない。おじいさまの具合はどう？」

『落ち着いてるが、まだなんとも言えないな……。すまない、今夜は帰れそうにない』

「いいよ。わたしは大丈夫だから、ご家族と一緒にいて」

『悪いな。――今、何してた？』

「何って、特には……」

『俺がいなくて寂しいか？』

ぎゅっと紫音はスマホを握りしめた。

「………うん、寂しい」

ぽろりと本音が洩れ、はわわと焦る。

からかったつもりだったのか、絶句していた孝仁の溜め息がスマホから聞こえてきた。

『心臓止まるかと思った』

「そんな大げさな！」

『紫音』

「な、何？」

『泣いてないか』

「泣いてないよ！」

『だったらいい。泣くのは俺がいるときにしろよ』

今度は紫音が赤面絶句してしまう。

ふいにガサガサと通話口をふさぐような音がして、くぐもった声がぼんやり聞こえる。

『――すまん、一旦切る』

「う、うん。わたしは大丈夫だから心配しないで」

『ああ、また後でかける。愛してるよ』

「あ――」

口ごもっている間にぷつりと通話が切れ、紫音は呆然と画面を眺めた。

（わたしも、って言えばよかった）

どうしてすぐに言えなかったんだろう。それとも、言わないでよかったのかな……？

答えの出ないまま、紫音はぼんやりと膝を抱えた。

翌日。孝仁は着替えに戻ってきて、慌ただしく入浴と身繕《みづくろ》いを済ませるとふたたび出かけていった。

祖父の容態はあまりよくないらしい。

単に孝仁の祖父というだけでなく、月嶋家具の現会長だ。すでに会社の経営は息子である社長に任せているが、相談役として未だに大きな存在だ。

幸い数日後には容態が持ち直したものの、孝仁とゆっくり話す暇もなく夏休みは終わってしまった。


一週間ぶりに出勤すると、相変わらずきつい香水を振りまきながら岡本が現われ、厭味《いやみ》な目付きで紫音を流し見た。

諸々《もろもろ》イヤなことを思い出してムカムカしていると、笑い事ではすまないミスを連発してしまい、ますます落ち込んだ。

同僚が慰めてくれるのも、かえって申し訳なくていたたまれない。ついには孝仁に別室に呼ばれて注意されてしまった。

「どうしたんだ、江端。何か悩みでもあるのか」

彼は会社ではたとえ人目のないところであっても紫音を名字で呼ぶ。それは紫音自身が頼んだことでもあった。

なんでもありませんとひたすら詫びて仕事に打ち込んだ。

大事に至らず済んだとはいえ、いつか孝仁が冗談まじりで言ったバタフライ効果《エフェクト》を思い出してひやひやしてしまう。

会長が入院中とあって、孝仁も常務としての仕事が増えたらしい。帰りが遅くなる日が続いた。

帰宅してからも双方ともになんとなく気まずさが居座って、会話も途絶えがちだった。

落ち着かない心持ちのまま一週間が過ぎ、金曜日。いつものように先に会社を出た紫音のスマホに孝仁からメッセージが入った。

『明日出かけるから、動きやすい服を用意しといて。ズボンがいい』

出かけるって、どこへ？　と返信すると、『ひみつ』とハートマーク付きで返ってきた。

孝仁にはこういう思わせぶりなところがある。

とりあえず、了解とスタンプで返信して、紫音は服を取りに1Kに戻った。

「ズボンって……デニムでいいよね？」

独りごちながら服を出す。Tシャツにパーカー、靴は確かスニーカーがあったから――。

とりあえず揃えてマンションに戻ると、しばらくして帰宅した孝仁が嬉々として告げた。

「用意はできたか？　よし、じゃ、明日出かけるぞ。泊まりで」

「えっ、泊まりなの⁉」

「ああ。じいさんの入院騒動で夏休みが潰れただろ？　天気もよさそうだし、とりあえずリベンジで一泊してこよう」

「リベンジって……」

「何か予定でもあるのか？」

「別にないけど」

「じゃあ、いいよな」

ためらいがちに頷く紫音に、孝仁は機嫌よくキスした。

「明日は早出するから今夜は早く休もう」

「うん……」

水を差すのも悪くて、紫音は微笑んで調子を合わせた。

一泊分の荷物をキャリーケースに詰め、翌朝早く出発した。

自宅から持ってきたTシャツにパーカー、ゆったりめのデニムにスニーカーという格好だ。孝仁はカーゴポケット付きのストレッチパンツにアウトドアジャケットを羽織っている。

「どこ行くの？」

「着くまで内緒」

楽しげに返されて紫音は溜め息をついた。

「孝仁さん、そういうの好きだよね」

「イヤ？」

「イヤじゃないけど……」

「じゃ、付き合ってくれよ。気に入らなかったら謝るから」

観念して頷いた。

動きやすい服装指定というのが気になるが……。あの遊園地でさえスカートだったのに。今度は何をさせるつもりなのか。

高速に乗ると、寝ててもいいよと言われ、安定した車の振動に誘われるように紫音はいつしか眠りに落ちていた。

ふと気がつくと景色がずいぶん変わっていた。山並みがぐんと近くなっている。

もしかして……と尋ねると、やはり夏休みに行く予定だったリゾート地へ向かっていた。

「言ってくれたっていいのに。また絶叫マシンに乗せるつもりかとひやひやしたわ」

「そんなドッキリはしないって。また乗りたいのはやまやまだけど」

「わたしは乗らないから！」

きっぱり宣言すると、孝仁はハハッと笑って左手を伸ばし、紫音の髪をくしゃっと撫でた。

「わかってるさ。今日は紫音と一緒に綺麗な景色をゆっくり眺めようと思ってな」

「……それならいいけど」

まだちょっと疑いつつ紫音は頷いた。少なくとも絶叫マシンの恐れはなさそうだ。あれは『ゆっくり』景色を眺めるどころではない。

やがて車は高速を降り、国道を走り出した。

夏のシーズンなので車は多いものの、すいすい流れている。一時間ほど走って、スキー場でも有名な高原リゾートに到着した。

間近に迫る美しい山並みに自然と心も弾む。孝仁は途中で車を停め、受付してくるからと車を降りた。

車を停めた位置からは建物の表示が見えない。

やがて戻ってきた彼が「じゃ、行こう」と意気揚々と車を出してようやく道路から建物の看板が見えた。

〈ベルビュー・パラグライダースクール〉

「パラ……!?　え？　それってあれ……パラシュートみたいな、あれのこと……!?」

「ああ。一緒に飛ぼう」

「わたしやったことないよ！」

「大丈夫、俺、ライセンス持ってるから」

「わたし持ってない！」

「だから、一緒に飛ぶんだって。二人乗り《タンデム》で」

「タンデム……？」

「十メートルくらい走れる体力があれば未経験でも全然大丈夫だから。走れるだろ？」

「そりゃ……走れるけど、それくらい」

ゴンドラリフト乗り場の駐車場に車を停めると、孝仁はオフロード車の荷室から、いつも積んである謎の荷物を下ろした。

「それ、パラグライダーだったんだね」

「そう。よく長野《ながの》や山梨《やまなし》あたりまで出かけてたんだが、ここしばらく飛んでなかったなって思ってさ」

はい、と大きなリュックみたいな装備を差し出される。

「何これ」

「ハーネス。パラグライダーにぶら下がる、椅子みたいなもん。ここに足を通して。で、こっちの肩ベルトを担ぐ。そうそう」

言われるままにハーネスを装着する。

「ここに板があるだろう？　飛んでる間はここに座るから、立った状態ではお尻よりも少し下に来るように肩のベルトで調整する。……こんなもんかな？　あとはお腹のベルトを調節して、足のベルトを締めて……っと。よし、できた」

ほら、と渡されたヘルメットもうっかり受け取ってしまう。

彼もまた装備をテキパキ身につけながら話を続けた。

「紫音と一緒に飛ぼうと思って準備はしてたんだ。高いところが苦手だとわかったんで、誘うのはもう少し先にしようかと思ったんだが……なんか最近ウジウジしてるから」

「ウジウジなんてしてないよっ」

「してただろ」

「…………してたかも」

しぶしぶ認めると、よしと孝仁は頷いた。

「じゃ、行くか」

「あのねっ、わかってると思うけど、わたし高いところ苦手でねっ……」

すたすた歩きだした孝仁に慌てて追いすがる。

「大丈夫だって。紫音はただ暴れずに乗っかってればいい」

「本当に免許持ってるの⁉」

「持ってるよ、ほら」

孝仁は青空にパラグライダーのシルエットが描かれたライセンスを示した。裏には確かに孝仁の写真と名前がある。

「素人と二人乗りするには、まずプロのパイロット技能証を取った上で上級タンデムパイロットの資格が必要なんだ。ほら、ここにちゃんと書いてあるだろう？　有効期限も切れてない。それに、俺はここのコースを何回も飛んでる」

「……本当に安全？」

「今日はコンディションいいし、紫音がパニクって暴れなければ安全だ」

「暴れないよっ」

「なら大丈夫。どうしてもどうしても、どおーしてもイヤだッ！　というなら、やめる」

「……そこまでイヤではないです」

装備も身につけちゃったし。

「じゃ、行こう」

観念して頷き、ゴンドラリフトに乗り込む。

ゴンドラは六人乗りだが相乗りはなく、十分弱で山頂駅に到着した。ゴンドラリフトはここまでだが、さらにチェアリフトに乗り継いでもっと上まで上がることができる。

駅舎の横には広々とした木製のオープンテラスが設けられ、パラソルとチェアが並んでいる。景色を眺めている観光客も大勢いた。

「テイクオフゾーンはあっち。ほら、もう飛んでる人たちがいる」

見れば青空にカラフルなパラグライダーがいくつも浮かんでいた。

気流に乗ってかなり上空まで上がっているものもあって、見てるだけならいいけれど、これから自分も飛ぶのかと思うと冷や汗が出た。

緊張しながら説明を聞き、準備をする。

孝仁はたたまれていたパラグライダーの翼《キャノピー》を広げた。漠然としたイメージよりもずっと大きい。聞けば二人乗り用で通常よりも大きいのだそうだ。

孝仁はキャノピーをカラビナでハーネスに装着すると、紫音の自分の前に立たせ、こちらもカラビナでしっかりと繋いだ。

「さて、準備OK。心の準備は？」

「お、おーけー……」

「声が震えてるぞ。大丈夫だって、落ちないから」

「う、うん」

「じゃ、そろそろ行くかな。——うん、いい風吹いてきた。ゆっくり歩いて」

キャノピーを広げるコードを両手に持ち、孝仁が歩きだす。彼の前に立つ紫音もそろそろと歩きだした。

やがてキャノピーが空気をはらんで立ち上がった。

「よし。じゃあ走れ！」

ひーっと内心悲鳴を上げながら懸命に走る。背後にあったキャノピーが、ぶわっと上に向けてふくらんだ。

「がんばれ、とにかく足を前に出すんだ」

「ひぃぃ〜〜っっ」

（く、空気抵抗が……っ）

無我夢中で斜面を走るうち、やがてふわりと身体が浮き上がった。

足が空回りしたかと思うと、紫音は青空に向けて飛び出していた。

側にある展望テラスから、わぁっと歓声が上がるのがかすかに聞こえた。

（すごっ……！）

車の窓を全開にしたみたいに、涼しい風が勢いよく吹きつける。

耳元をびょうびょうと吹きすぎる風音に包まれながら眼前に広がる雄大な景色に呆然と目を瞠っていると、背後から孝仁の声がした。

「はい、シートに座って。——ああ、それでいい」

天からぶら下がるブランコに乗っているような心持ちで、コードに掴まってぐるりと大空を見回す。

「広い……」

「何？」

後ろから孝仁が尋ねた。

「広ーい！　すごいっ！」

「気持ちいいだろう？」

「————うん！」

まるで青空に包まれているみたい。

下を見れば、建物や車がミニチュアみたいだ。あまりに高いからか、かえって怖さを感じない。

「風が……気持ちいい」

「手、離しても大丈夫だぞ」

そう言われてこわごわ手を離すと、しっかりシートに座っているのでぐらつきはない。紫音は安心して周囲を見回した。

キラキラ輝く青い空。雪渓《せっけい》の残る美しい山並み。足元には森の樹冠《じゅかん》が広がる。

「すごい……。こんな光景、TVでしか見たことなかった」

それをこの目で眺めている。それだけで、感激で胸が熱くなった。

「悪くないだろう?」

「うん!　こんなに気持ちいいとは思わなかった。連れてきてくれてありがとう、孝仁さん」

振り向いて素直に告げると、孝仁は照れくさそうに微笑んだ。

「この光景を、いつか大切な人と一緒に見たいと思ってライセンス取ったんだ。夢がかなって嬉しいよ」

大切な人――。

さらに鼓動が跳ね上がり、どぎまぎしていると、孝仁はいきなり大声で叫んだ。

「俺は、紫音が、好きだ――!」

「ちょっ……ちょっと孝仁さん⁉」

「紫音のことが、大好きだー!　愛してる――っ!」

「ちょっとぉっ、なんで叫ぶのよ⁉」

「叫ばないと聞こえないだろ」

「聞こえるよ!　もうっ、恥ずかしいからやめて!」

パラグライダーは周囲にいくつも浮かんでいる。だが孝仁はそんなことは気にも留めない。

「これだけ離れてれば聞こえないさ。聞かれてまずいことでもない」

「それはそうだけどっ」

「紫音はどうなんだ」

「えっ……」

「一度くらい本音を叫んでみろよ。俺と空の他は聞いてないんだ。誰にも、何に対しても、遠慮することなんてない」

紫音は呆然と目を瞠った。

そう言われて初めて、真情を吐露することを恐れていたのだと気付いた。

自信がなくて、周り中に引け目を感じてしまって。

でも、自分の気持ちを伝えたいのは、伝わればいいのは、ただひとり――。

「す……き……」

「聞こえないぞー」

そのかすような口調に、紫音は拳を握りしめ、大きく深呼吸した。

そして一気に吐き出す。

「孝仁さんが好き！　大好き！　愛してるっ……！」

声の限りに叫ぶと、ぶわっと涙が浮かんだ。

吹きつける風で、涙の粒が中空に舞う。

肩に手を置かれ、こわごわ振り向くと孝仁が微笑んでいた。彼が身を乗り出し、自然と紫音は伸び上がった。

唇が重なる。

「……やっと聞けた。紫音の本音」

笑って彼はもう一度キスした。

見つめ合い、ふたり揃って笑いだす。なんのわだかまりもなく。

それからしばらく風に乗って空中浮遊を楽しんだ。風さえあればパラグライダーはいつまでも飛んでいられるという。

紫音は爽快な気分で美しい景色を満喫した。

「――さて、そろそろ降りるか」

「うん！」

地上がみるみる近づいてくる。広々とした空き地がランディング場だ。

ぐんぐん迫る光景に鼓動が跳ね上がった。

「足を出して」

指示に従って足を揃え――着地！　孝仁がうまくバランスをとってくれて、危なげなく無事地上に帰還した。

ハーネスを外してもらい、大きく伸びをする。

「はぁ～、楽しかったー！」

「ハマりそう？」

「ハマるかも」

けっこう本気で頷くと、孝仁は満足げににんまりした。

「高い所も平気になったみたいだな。じゃあ次はスカイダイビングに挑戦してみるか」

「それはイヤ！」

断固拒否ると孝仁は笑いだした。

「冗談だって」

「孝仁さんの冗談は本気にしか聞こえなくて怖いよっ」

「紫音が青くなってぷるぷるするのもかわいくてな」

「もう、意地悪なんだから」

「すまんすまん」

苦笑しながら頭をぽんぽんされると、なんだかこそばゆくて、むくれていられなくなる。

孝仁が紫音の頭を撫でるのは、子ども扱いというより二十センチ以上ある身長差のせいかもしれない。

地面に広げたキャノピーを丁寧に畳み、バッグにしまって駐車場まで歩いて戻る。荷物を積み込むと、もう一度ゴンドラに乗って先ほどテイクオフしたところまで戻った。

さっきは気付かなかったが、ゴンドラの駅舎にはカフェやレストランがあった。そこで遅めの昼食を取り、食後はリフトに乗り継いでもうひとつ上まで上がり、周辺の自然散策をした。

宿泊は森の中にあるリゾートホテルで、ゆっくりとディナーや温泉を楽しんだ後はベッドで寄り添いながら話をした。

茶会で岡本に言われたことを話すと、孝仁はひどく立腹した。

「悪口みたいでイヤなんだけど……」

「悪口言われたのは紫音のほうだろ。ちっ、岡本の奴どういうつもりだ。言っておくが、あの女とは何もないからな。半東を決めたのは俺じゃないし、招待状も俺の茶室指定で送ったのは大学の友人夫婦と教授、それに紫音だけだ」

岡本の父が二回目の席で正客になったのは、年齢と社会的地位からそうせざるを得ず、必然的に娘が次客になったそうだ。

「……でも、岡本さんの言うことにも一理あるな、と思って」

「どこが⁉」

「だって孝仁さんと結婚したら、わたしも亭主を務めなきゃいけないんでしょ？　孝仁さんも言ってたじゃない。でも……正直自信ない」

「あのな。最初から自信のある奴なんていないって。大丈夫だよ、稽古ならいくらでも付き合う。それに、実際そうなったらちゃんと経験豊富な者を半東につけるから」

「うん……。でもね、そもそもご両親が、わたしを認めてくれるかどうか」

「紫音のことならもう話してある」

「へぇっ⁉」

びっくりして奇声を発してしまった。

「し、知ってるの⁉　わたしのこと」

「結婚したい女性がいるから、お試し同居中だと言ってある。ちゃんと言っておかないと見合い話を持ってこられて面倒くさい」

「お見合い……」

「してないぞ」

「う、うん。いや、孝仁さんならいっぱい話がくるだろうな〜って思って」

「まぁ、それなりにな。会う前にみんな断ったが。……あぁ、そうか。そういえば岡本との見合い話もあったんだった。なんだ岡本か、と即断ったが」

なんだで断られたとは、さすがにちょっと気の毒になる。

「諦めきれなかったんだね」

「その気もないのに迷惑だ。そのうえ俺の大事な紫音を脅すとは不届《ふとど》き千万《せんばん》」

武士みたいなことを言って孝仁は憤然とした。

「即刻岡本には外れてもらう。秘書課長に連絡を入れておこう」

孝仁は即座にスマホを取り出すと、秘書課長あてに要望のメールを送った。

「これでよし」

「あの、孝仁さん。ご家族はわたしのことをどのように……？」

「ん？　ああ、ホッとしてたぞ。興味津々で、早く会わせろとせっつかれてる」

「そうなの⁉」

というか、ホッとしたって何……⁉

「じいさんの入院騒動で顔合わせが延期になっただろう？　みんな残念がってた」

「そ、そうですか……」

「大丈夫だよ。紫音のことは、ごく普通の家庭で育った、ごく普通の女性だと言ってある。安心してたぞ」

「安心……？」

孝仁の家族はどうもよくわからない。

商人に転身した元武士の家系で、日常的に茶道をたしなんでいるところからインテリでハイソな由緒ある旧家……というイメージだったのだが。

「まだしばらくバタバタするだろうから、それが落ち着いたらまずはどこかで会食でもしよう。うちに連れてってもいいが、調子に乗ってイジられると困るしな」

誰が調子に乗ってイジるというのか。気になるが怖くて訊けない。

孝仁はスマホをベッドサイドのテーブルに置くと、紫音を引き寄せてぎゅっと抱きしめた。

「俺が好きだよな？　紫音」

頷いて彼の胸に頬をすり寄せる。

「好き」

「結婚してくれる？」

「……本当に、わたしでいいなら」

「紫音がいい。俺が欲しいのは紫音だけだ」

唇をふさがれ、じっくりと甘く濃厚なキスをされる。

頬を上気させてはぁっと吐息を洩らし、孝仁の瞳に宿る欲望にぞくんとお腹の奥が疼いた。

覆《おお》い被《かぶ》さってくる孝仁の頑健な体躯に、紫音はうっとりしながら腕を絡めた。

第七章　謎の美女に宣戦布告されまして。

九月に入ると、にわかに仕事が忙しくなった。

成長株の独自ブランド〈ノスタルジック・ラヴァーズ〉の新規ホテルとレストランの開業が、諸般の事情でどちらも年内に繰り上がったのだ。

その他にもタイアップの申し入れなどがあちこちから入り、室長の孝仁はもとより下っ端の紫音まで社内外を駆け回ることとなった。

孝仁の両親とも会えないままだ。

社長夫妻は当然多忙だし、孝仁も近頃は休日返上で新規店舗の確認作業やプロモーションの仕事が入ったりして、なかなかスケジュールが合わない。

一方で紫音も、失踪したままの兄が気になって落ち着かなかった。

孝仁は借金の件を両親には言っていない。自分の金で解決したからわざわざ言わなくていいというのだが、せめて彼の両親に挨拶する前に兄に出てきてもらって、孝仁に謝罪してほしかった。

しかし両親にいくら尋ねても兄からの連絡はないという。

本当に死んじゃったのかも⁉　と気が気でなかった。

兄の行方がわからないまま孝仁と結婚するのは、やっぱり気が引けてしまう。そんな無責任な親族がいるなんて、月嶋家の人々に申し訳ないではないか。

実際に会ってはいないが、孝仁の言葉が本当なら紫音を歓迎してくれているようなのに。

九月が過ぎ、十月に入って街はハロウィンの飾りつけで賑《にぎ》わっている。相変わらず孝仁は多忙で、帰宅が遅くなる日も増えた。

紫音も事務的な仕事はできるかぎり手伝っているのだが、室長である孝仁の判断が必要な仕事も多い。

そんなある日、紫音は仕事を終えて会社を出た。

「日が短くなったなぁ」

呟いて空を見上げる。晴れているが地上の灯のせいで星はほとんど見えない。孝仁と一緒に見た高原の星空を思い出して紫音は溜め息をついた。

孝仁は午後から外出し、紫音が退社するときもまだ戻っていなかった。メッセージアプリで、帰りは遅くなるから夕食は作らなくていいと連絡があった。

今日は水曜日で、紫音が夕食当番だ。月火と木金は通いの家政婦に作ってもらい、土日は外食か孝仁が作ることになっている。

「……外食しちゃおうかな」

ふと思い付いて独りごちると、後ろから呼ぶ声がした。

振り向くと同世代の女性が走ってくる。

一緒に遊びにいったり食事したりしていたが、別の部署に異動になって、なんとなく付き合いが薄くなっていた。

同期入社の高橋《たかはし》紗弓だ。最初に同じ部署に配属されて仲よくなった。

「紗弓《さゆみ》？」

「やっぱり紫音だった！」


「紫音、本社勤務だったのね」

「うん、企画室」

「えっ、すごーい！　わたし今度総務の人事課に異動になったんだ」

「そうだったの！　フロアが違うと全然会わないよね」

「ねぇ、久し振りに一緒にごはん食べようよ」

「そうだね、行こう」

思いがけず連れができて、紫音は喜んで頷いた。

少し歩いてカジュアルダイニングの店に入り、お互いの近況を報告し合いながら夕食を摂った。

紗弓は相変わらず恋愛ゲームに嵌まっているが、実際に付き合っている人もいるという。紗弓の異動で職場が離れてしまったので、ちょっと不安なのだそうだ。

「でも遠距離ってほどじゃないんでしょ？」

「そうなんだけど……やっぱり気になるじゃない？　彼、けっこうイケメンでさ。人当たりもよくてモテるのよ」

「向こうから付き合ってほしいと言われたんなら大丈夫じゃないかなぁ」

「だといいけど」

ふーっと溜め息をついた紗弓は、モクテルを一口飲んで紫音を眺めた。

「で？　紫音はどうなの」

「どうって？」

「彼氏、いるんでしょ」

「え……」

「やっぱりいるんだ！　会社の人？」

「う、うん、まぁ……」

直属の上司と同居しているとは言いづらくて、ぼやかして話した。同じ本社の人といっても大勢いるから、部署がわからなければ見当もつかないだろう。

気付けば二時間近く喋っていた。明日も会社だし、そろそろ帰ろうと店を後にする。

地下鉄の出入り口を探して歩いていると、いきなり紗弓が腕を掴んだ。

「ちょ、ちょっとあれ！　月嶋常務じゃない⁉」

驚いて示されたほうに目を遣ると、確かに孝仁だった。

そこは有名な高級《ラグジュアリー》ホテルの前で、しかも孝仁はひとりではなかった。傍らにはすらりと長身の美女がいて親しげに喋っている。

「すごい美人！　モデルさんかな？　わぁ、お似合い。——あれ？　月嶋常務って企画室長だよね」

紗弓は首を傾げた。総務の人間には孝仁は企画室長というより常務のイメージが強いらしい。

呆然とふたりを眺めていると、紗弓がつんつんと袖を引いた。

「紫音？　どうしたの」

「あ……。その、びっくりしちゃって」

「だよねぇ！　あれ、常務の彼女かな？　婚約者とかだったりしてー」

冗談めかして紗弓はくふふと笑う。

婚約者は自分だとは言えず、紫音は曖昧に相槌《あいづち》を打った。言ったところで信じてもらえなさそうだし。

距離があるのでふたりが何を喋っているかはわからない。だが、単なる顔見知り以上の親しみが確かに感じられた。

やがて美女のほうが孝仁に腕を絡め、ふたりはドアパーソンの案内で回転ドアの中へ消えていった。

「わー、入っちゃった！　バーで飲むのかな？　それとも～」

完全に他人事の紗弓は昂奮してはしゃいでいる。

「……も、帰ろ」

無関心を装って、紫音は歩きだした。紗弓は無邪気に常務は格好いいとか目の保養だとか喋っている。

地下鉄は路線が違ったので改札口で別れ、紫音はひとり黙々とホームを歩いた。

（誰だろう、あれ……）

電車に揺られながらぼんやり考える。

確かに紗弓の言うとおりすごい美人だった。プロポーションも抜群で背も高く、ヒールを差し引いても一七〇センチはありそうだ。あれくらいあれば一八五センチの孝仁ともよく釣り合う。

身につけていたのは格好いいスーツ。紫音には手の届かない高級ブランドに違いない。

（別にああいうのが着たいわけじゃないけど）

内心で呟き、負け惜しみだわと溜め息が出た。童顔の自分が着たって似合いっこないのはわかってる。

孝仁が女性と歩いていたからショックを受けたわけではなかった。

いや、それもなくはないが、それ以上に、その女性が自分よりはるかに孝仁とお似合いだったことに紫音はショックを受けていた。

紫音が好きだ、愛してると言った孝仁の言葉を疑っているわけではない。

引く手あまたにもかかわらず、どういうわけか彼は紫音に目を留めた。わざわざ家族の借金を自前で清算してまで紫音と結婚したいという。

自分のどこにそんな魅力があるのか未だにわからない。孝仁はハイパーイケメン御曹司のくせにちょっと残念な人なんじゃないかと思ったりもする。

クールな顔で思わぬボケをかましたりするし……。

たとえば、エレベーターが上りか下りかを確認せず、到着した箱《ケージ》に即乗っちゃうとか。

会社のエレベーターホールでたまたま孝仁の背後にいて、紫音は行きたい方向ではなかったため彼が乗り込むのを見送る。そしてそのエレベーターが上か下に動いて戻ってきたとき、ドアが開くと孝仁が平然とした顔で乗っていて、『あれれ⁉』と混乱したことが何度もあった。

プライベートでも、デパートとかでエレベーターを待っていて逆方向なのに気付かず乗り込もうとする孝仁を引き止めたことは一回や二回ではない。

子どもの頃から車の送迎などで乗り込めば自分が行きたい方向へ行くのが当然だったから……ではないかと紫音は推測している。

本人は別に照れたふうもなく、『ああ、そうか』と頷くだけなので感心してしまう。自分なら羞恥でそわそわして、とてもあんな泰然としてはいられないだろう。

停車が白線の手前過ぎて、信号のセンサーに感知されないで延々待つ……とかいうのもよくやる。地方に遊びに行くと特に。

ためらいがちにそれを指摘しても彼は顔色ひとつ変えず、『紫音と一緒の時間が増えてよかった』なんてさらっと言うんだから。

（……そういうとこも、好きだけど）

パラグライダーで飛びながら愛を叫んだことを後悔してはいない。思い出すと小っ恥ずかしいが、決して後悔はしていない！

帰宅して、鍵を定位置に置き、『ただいま……』と中途半端な声を上げる。

わかっているが、やはり返事はなかった。

心のどこかで、あれは他人の空似で、先に孝仁が帰っていないかなと期待していた。

入浴を済ませ、ＴＶを見る気にもなれなくてそそくさとベッドに入った。

今日は家政婦が来なかったから、昨日と同じシーツ。なんとなく、孝仁の香りが残ってる気がする。

ベッドサイドのライトだけ点けてうとうとしていると、玄関の扉が開く気配がした。

やがて寝室のドアが開いたが、紫音がもう眠っていると思ったのか、孝仁は声をかけずに足音を忍ばせて入ってきた。

声をかけそびれ、背を向けたまま衣擦《きぬず》れの音を聞いていると、彼は浴室に入っていった。

孝仁が風呂から上がったときも紫音は起きていたのだが、ふだんどおりに話せる気がしなくて、やっぱり寝たふりをしてしまった。

それに気付いていたのかどうか、孝仁は『おやすみ』と小声で優しく囁いて傍らに横になった。

しばらくして寝息が聞こえてくると、紫音はようやく寝返りを打って彼の懐にもぐり込んだ。

そして浴衣の合わせに鼻先を押しつけ、規則正しい鼓動にいつまでもぼんやり耳を傾けていたのだった。


一日置いた金曜日。孝仁は役員会議の後、担当しているプロジェクトの件で社外に出て、終業時間になっても戻らなかった。

副室長の上篠あてに『遅くなりそうだから待たずに帰るように』と指示が入ったので、遅番の社員に後を任せて紫音たち早出組は仕事を切り上げた。

更衣室でスマホを確かめてもメッセージは入っていない。同僚と別れ、会社を出て歩きだすと後ろから呼び止められた。

「江端さん？」

聞き覚えのない声にとまどいつつ振り向くと、一昨日の夜に見かけた謎の美女が完璧なモデル立ちで紫音を睥睨していた。

彼女はきゅうっと口端を上げた。

「江端紫音さん？」

「そう……ですけど」

「わたしは倉本由紀《くらもとゆき》。ちょっとお話があるんだけど、いいかしら」

由紀――――ユキ⁉

熱に浮かされた孝仁が口走った名前。後日尋ねたら知らないと言っていたが。

『ユキ……は本当にかわいいなぁ……』

そう呟いて、孝仁は見たこともない――そう、未だに――笑顔で微笑み、紫音にキスした。

（この人が『ユキ』なの……⁉）

立ちすくむ紫音の全身を値踏みするように眺め回し、倉本由紀の微笑がはっきりと勝ち誇ったものに変わった。

「……お話ってなんでしょう。わたし、あなたのこと存じあげませんけど」

ムカッとしたことでなんとか気を取り直して言い返すと、由紀は焦れたように眉をひそめた。

「わたしはあなたを知ってるの。立ち話もなんだし、カフェにでも行かない？」

「お話ならここでどうぞ」

「あら、そう。だったらあなたの同居人について会社の真ん前で大声で話してもかまわないわけね？　彼の迷惑にならないといいけど」

黙り込んだ紫音にフフンと顎を反らし、由紀はさっと踵を返すとドアを開けて停まっていたタクシーに乗り込んだ。

「ほら、ぐずぐずしないでさっさと乗りなさい」

命令口調に反発しつつ、人目を気にしてしぶしぶ紫音はタクシーに乗り込んだ。

ドアが閉まり、車が走り出す。行き先はあらかじめ伝えてあったようだ。

「……どこ行くんですか」

「着けばわかるわ」

ぴしゃりと言われ、ムカムカしながらぷいっと顔をそむける。

（なんなの、この人。いきなり現われてずいぶん勝手な）

いかにも命令し慣れている態度からして芸能人《タレント》か何かだろうか。美人だし、スタイルいいし。自分が知らないだけで女優とかなのかも。

由紀は車中では一言も口をきかなかった。自分から強引に誘っておきながら、完全に無視している。

居心地悪い沈黙が続き、やっと車が止まった。由紀はクレジットカードで支払いを済ませ、紫音を追い立てるようにタクシーを降りた。

「――え？　ここって……」

目の前の店に気付いて紫音はたじろいだ。

そこは〈ノスタルジック・ラヴァーズ〉の一号店だった。インテリア&雑貨ショップにカフェが併設された、学生時代に紫音がアルバイトしていた店――。

先に立って入っていく由紀の後を、しぶしぶ追いかける。カフェは満席のようだが、由紀はここも抜かりなく予約していたらしく、即座に最も人気のあるゆったりとした角席に案内された。

紫音もここがお気に入りで、空いていたら必ず座るから、自分の領域を侵害された気分になった。

「ノスタルジックブレンドふたつ」

メニューも見ずに、由紀は勝手に注文した。

ムッとするのを通り越して、とことん勝手な人だなと呆れる。もともとこういう性格なのかもしれないが、相手が紫音だからことさら傍若無人《ぼうじゃくぶじん》にふるまっているような気もする。

運ばれてきたコーヒーを一口飲むと、満を持した面持ちで由紀は切り出した。

「回りくどい遣り取りは嫌いだから単刀直入に言うわね。コージンと別れてちょうだい」

コーヒーを飲みかけていた紫音は、『コージン』という呼び方を聞いて一瞬固まった。

彼をそう呼ぶのは、紫音の知る限り茶会で同席した彼の友人だけだ。

弁護士をしているその友人は彼の大学の同期であり、今も親しく付き合っている。兄の借金返済の件で、間接的に紫音も世話になった。

口中のコーヒーをごくりと飲み下し、カップを戻す。

「……倉本さんも、大学のお友だちなんですか？」

「違うわ。コージンとは会社で出会ったの。彼が以前務めていたコンサルティング会社よ。今もわたしはそこにいるの」

孝仁が大学卒業後、有名な外資系コンサルティング会社で働いていたことは周知の事実だ。

「コージンはとても優秀だったわ。辞めるときもずいぶん引き止められたし、彼だって本当は辞めたくなかったのよ。でも、実家の月嶋家具が経営不振で、会長であるおじいさまに懇願されて仕方なく戻ったの」

由紀はぐるりと店内を見回した。

「ここ、彼がプロデュースしたのよね。今では〈ノスタルジック・ラヴァーズ〉はすごく人気のあるブランドだわ。カフェで使われている食器やカトラリー、テーブルや椅子、飾られている雑貨に至るまで、すべて隣接のショップで買える。同じコンセプトのホテルも大人気。今や〈ノスタルジック・ラヴァーズ〉は月嶋家具の看板ブランドだわ。今度オープンするレストランも開店前から予約が殺到してるようだし、本当にすごいわよね」

それには異論がないので、警戒しつつも紫音は頷いた。

孝仁を褒めちぎることで落差を見せつけようというのか。だが、彼と自分が月とスッポンということくらいとっくに自覚している。彼を狙う岡本からもさんざん貶《けな》された。

それでも孝仁は紫音がいいと言ってくれた。取引先の令嬢で美人でお稽古ごともバッチリの岡本に見向きもせず。

ちなみに岡本は孝仁の秘書を外された上、企画室に出禁となった。

紫音が黙っているので、由紀は思惑どおりにいっていると考えたらしい。

「だからね、もういいと思うの」

「何がですか」

面食らってつい訊き返してしまう。

「月嶋家具は当面大丈夫だろうってことよ。彼がいなくてもね。いずれは経営を引き継ぐにしても、それまでは外部で働いたほうが経験を積めるわ。彼には経営コンサルタントとしての才能も実績もあるんだし、そろそろ戻ってきていい頃合いよ。うちの会社にね」

絶句する紫音に、由紀は魔女みたいな笑みを浮かべた。

「わたし、コージンに復帰を打診してるの。前向きに検討するって返事をもらったわ」

「そんなの嘘です！」

「あら、どうして？　彼はいやになって辞めたわけじゃないのよ？　実家のために仕方なく、だったんだわ。ぜひ戻ってきてほしいと言われたら、乗り気になって当然でしょ。会社を立て直すという目的も達したことだし」

それはそうかもしれない。

反論できず紫音はテーブルの下でぐっと拳を握りしめた。

「コージンなら、アメリカの本社でも活躍できるわ。実際うちではそのつもりなの。当然、報酬も桁違い。悪い話じゃないでしょ。彼のような有能な人物は、その才能にふさわしい場所で活躍すべきなのよ」

由紀は余裕の笑みを浮かべ、コーヒーを飲んだ。

「それとね。わたしたち、付き合ってたの」

「えっ……」

「わたしとコージンよ。わたしたちは公私にわたって最良のパートナーだったわ。彼がツキシマに戻ることになって……仕方なく別れたのよ。わたしは昇進してニューヨークに転属するオファーがあって断りたくなかったし、遠距離恋愛なんてお互いストレスだものね」

紫音は呆然と由紀を眺めた。

（やっぱりこの人が『ユキ』なの……？）

公私にわたる最良のパートナー。

仕方なく別れた。

彼女の言葉が頭の中でぐるぐる回っている。

由紀は青ざめた紫音を満足げに眺めた。

「わかるでしょ？　どこからどう見ても、あなたよりわたしのほうが彼との釣り合いがとれてる。彼があなたと付き合ったのは、わたしと別れた反動よ。別れがつらくて、わたしとは真逆のタイプに目を留めたのね」

「た……孝仁さんは、わたしが好きだって言いました！　愛してるって」

「お気の毒だけど、それは彼の勘違いよ。だって彼が本当に愛してるのはわたしなんだもの。あなたのことだって、かわいいとは思ってるでしょうよ。でもそれは愛玩物《ペット》をかわいがるのと大差ないわ」

「愛玩物……!?」

「彼、犬好きなのよね。きっとあなたのことも小型の愛玩犬か何かみたいに思ってるんじゃないかしら。ちまちまぷにぷにしてて、いかにも小動物っぽいもの」

あまりにさらっと侮辱され、息が詰まる。

「一昨日、コージンとゆっくり話をしたわ。彼、やっと自分の間違いに気付いたようよ。だけど彼は心根の優しい人だから、一度拾った犬を捨てるなんてできないのよね。——で、あなたには自主的に出てってほしいわけ」

由紀の目付きがいきなり険しくなった。

「今までさんざんいい思いをさせてもらったんでしょ。だったらキレイに別れてあげるのが恩返しというものよ。あなたさえ消えれば、彼も心置きなくうちに戻ってこられる。もちろん、将来的にもそのほうがいいに決まってるわ。あなたごときド庶民、彼にも月嶋家にもふさわしいとは思えないもの」

喋っているうちに感情が昂《たかぶ》ってきたのか、だんだん由紀の言葉づかいは乱暴になった。ついには侮蔑を剥き出しにして紫音を睨みつける。

「コージンはわたしのものなの。ちょっと優しくされたくらいでいい気にならないでよね！」

由紀は伝票を荒っぽく掴むとカツカツとヒールを鳴らして去っていった。

紫音はうつむき、飲み残しのコーヒーをじっと見つめた。


カフェの閉店時間になって、やっと紫音は腰を上げた。

のろのろと駅まで歩き、ベンチに座って何本も電車を見送って、帰宅したときには九時半を過ぎていた。

「紫音！　どこ行ってたんだ。何度もメッセージ送って……電話もしたんだぞ」

玄関を開けたとたん、飛び出してきた孝仁に抱きしめられた。

由紀が去った後、ぼんやり座り込んでいた紫音は孝仁からのメッセージが表示されるとスマホをマナーモードにして、バッグに突っ込んだまま見なかった。

「……転職するの？」

無抵抗に抱きしめられながら、ぽつりと尋ねる。彼は身体を離し、眉をひそめて紫音を見つめた。

「何言ってるんだ？」

「前の会社に戻るって聞いた」

「誰に」

「ユキさん」

「ユキ？　誰だそれ」

カッとなって紫音は孝仁の腕を払いのけた。

「倉本由紀さんだよ！　元カノの……元サヤのっ」

「元サヤってなんだ。倉本と付き合ったことなんてないぞ」

「嘘！　公私にわたってパートナーだって言ってた」

「公のほうは認めるが、私のほうは違う。断じて違うぞ。公だってもう何年も前のことだ」

「会ってたでしょ、一昨日。見たんだから。ふたりで腕組んでホテル入ってくとこ」

孝仁の顔がこわばる。

「誤解だ。確かに倉本にせがまれて一杯だけ付き合ったが、それだけだ」

「一杯だけしては帰りがずいぶん遅かったよ！」

「それは……その後寄り道をしたからだ」

「どこ」

「どこって、仕事先だ」

「嘘。絶対嘘だ。それくらい、いくらわたしが鈍くたってわかるよ」

「とにかく倉本とはバーで一杯飲んだだけだ。復職のオファーも断った」

「でも付き合ってたんでしょ。ツキシマに戻ることになって、仕方なく別れたんでしょ!?」

「付き合ってないって。倉本のでたらめだ。オファーを断られた腹いせだろ」

「でも名前呼んでたじゃない。風邪ひいたとき、熱に浮かされて……『ユキ』って。確かに『ユキ』って言った！　『ユキは本当にかわいいなぁ』って」

孝仁は眉を吊り上げた。

「誰が言うか、そんなこと！」

「言ったよ！　そう言って、わたしを『ユキ』だと思って……キスしたくせに！」

心の奥底にずっと溜め込んでいた疑惑を吐き出すと、孝仁はぽかんとした顔になった。

「キス？　俺、おまえにキスしたのか？　看病してもらったとき……？」

「そ……そうだよ！　わたしを『ユキ』と間違えてキスしたの！　わたし、初めてだったのに！　元カノと間違えてキスするなんてひどい！　あんまりだよっ」

「ちょ……、待て、紫音。落ち着け」

「孝仁さんが本当に好きなのはユキなんでしょ!?　わたしは失恋の反動で拾っただけのブサい野良犬で……責任感から捨てるに捨てられなくて困ってるんでしょ！」

「何を言う！　俺の紫音は世界一かわいいぞ！　誰が捨てるかっ」

「もういいよっ。出てってあげるから転職でも元サヤでも好きにすれば⁉　借りたお金は契約どおり慰謝料にしといて」

「待て、紫音！」

「離してよ、孝仁さんのバカ！　嫌い！」

腕を掴んだ彼の手が、たじろいだようにゆるむ。

その隙に脱兎《だっと》のごとく紫音はドアを開けて飛び出した。ちょうど帰宅したときのままエレベーターの箱は七階にあり、追ってきた孝仁の面前で扉が閉まる。

一階に降りた紫音はそのまま駅まで息もつかずに走った。

ぬぐってもぬぐっても、涙が噴き出して止まらなかった。

第八章　鬼上司の溺愛は止まらない

「紫音ちゃん、聞いた？」

隣席の佐藤由加里に囁かれ、紫音は身体を傾けた。

「なんですか？」

「室長が、前に勤めてたコンサル会社に戻るらしいって噂《うわさ》」

ちら、と由加里は室長席に目を向ける。

そこに孝仁の姿はない。彼が出て行くのを見計らって、由加里は話しかけてきたのだ。

孝仁と喧嘩《けんか》別れして数日。紫音は元の住まいである1Kから会社に通っている。孝仁からは一度だけ電話があったが、無視するとそれ以上かかってこなかった。

由加里の耳打ちに、ああやっぱりそうなんだ……と紫音はうら悲しい気分になった。断ったと孝仁は言ったが、やっぱり嘘だったんだ。

「それってあれだろ？　外資系の有名なとこ」

向かいの今井が聞きつけて話に乗ってくる。たまたま企画室には若手のこの三人しかいなかった。

「そうそう。さっき用があって総務に行ってね、知り合いから聞いたの」

「おかしくはないよな。室長、いずれは社長だろ？　ここにずっといるより外で経験積んできたほうがいいって判断なんじゃないか？」

倉本由紀が言っていたのと同じようなことを今井が口にして、胸がちりっとする。

「社長の椅子は用意されてるわけだしね～」

「やっぱ御曹司は違うよな。ま、室長は本当に仕事できるけどさ」

「っていうか、仕事の鬼？」

「最近、ちょっとピリピリしてるのもそのせいかな」

由加里と今井が好奇心あらわに喋っていると、当の孝仁が書類を手に戻ってきた。そのまま席に着いてパソコン作業を始める。

由加里と今井はもの言いたげな視線で頷きあった。

紫音はちらっと横目で孝仁を見た。

眉間にかすかなしわを寄せ、気難しげな顔をしている。それ自体は以前から変わらない。大体彼は社内で仕事中は無表情で無愛想なのだ。

決定的に以前と異なるのは、紫音にまったく視線を向けないことだ。

付き合う前はよく冷たい視線を感じて凍りついたものだが、同居を始めてそれが彼の葛藤であることを知った。

紫音をかまいたくて（もふりたくて？）しかたなく、それを我慢して押さえつけていると、あのような氷点下ブリザードビームになってしまうのだ。

それを知っても平然としてはいられず、仁王立ちのホッキョクグマに襲われる代わりに、抱っこでヨシヨシされて硬直するタテゴトアザラシな気分で、紫音は冷や汗をかいていた。

だが、喧嘩別れしてからは孝仁は紫音を見ない。紫音のほうはたまにチラ見してしまうのだが、視線は一度も合わなかった。

彼はいつもより三割増し険しい顔でパソコン画面か書類を睨んでいる。機嫌がよくないのは確かだが、それも当然だろう。

そんなストレスフルな日々が、気付けば半月近くも続いていた。

帰宅した紫音がコンビニごはんを食べながらぼんやりTVを見ていると、チャイムが鳴った。

誰だろ……とドアスコープを覗き込んでぎくっとする。至近距離に孝仁の端正な顔があったのだ。

(ど、どうしよう)

おろおろしていると、もう一度チャイムが鳴ってドアがコツコツ敲《たた》かれた。

「江端。いるんだろう？　月嶋だ」

気をつかっているのか、彼は名字で呼び、名乗った。

意を決し、チェーンをかけたままドアを開ける。

彼は憮然《ぶぜん》とした面持ちで紫音を眺めた。

「突然ですまないが、ちょっと付き合ってくれないか」

「な、なんですか」

「江端の意に反することは絶対しないから。頼むよ」

真摯なまなざしになんだか引け目を感じてしまって、紫音は目を逸《そ》らしながら頷いた。

「……着替えるので、少し待ってください」

「悪いな。下にいる」

彼は立ち去る足音を確かめ、そっとドアを閉める。

外出着に着替えて通路に出ると、満月が見えた。

（……そういえば、今日は十三夜だっけ）

十五夜は孝仁のマンションの広いベランダで、雲間の月を寄り添って眺めた。月見団子に熱燗《あつかん》というのはどうなのと笑いながら。

頭を振り、足早に階下に下りる。

歩道から月を見上げている孝仁の後ろ姿にドキッとした。会社から直に来たのか、彼は仕事用のスーツ姿だ。

「お待たせしました」

声をかけると彼は振り向いて軽く頷いた。

「車、向こうに停めてるから」

紫音の1Kには駐車場がない。ここへ来るときにはいつも使う近所の駐車場まで黙って歩いた。孝仁のオフロード車に乗り込み、出発する。

「……どこ行くんですか」

「俺の持ってる物件のひとつ」

彼は副業として賃貸マンションを三棟所有している。彼自身が住んでいるところを含め、どれもかなりの高級物件だ。

「そこで何を？」

「話は着いてから。頼む」

やがて車は閑静な住宅街の一角にある中層マンションの地下駐車場に入った。エレベーターで二階に上がる。通路から見下ろすと一階の部屋は庭付きのようだ。

孝仁は通路を奥まで進み、突き当たりの部屋のチャイムを鳴らした。すぐに中から『はーい』と女性の声がして、思わず身構えてしまう。

ガチャリとドアが開き、『いらっしゃい』と出迎えた女性を見て紫音は唖然とした。

「お……お母さん⁉」

それは紫音の母親、江端佳世子だったのだ。

「あら、紫音。久し振りね、元気だった？」

「何をのんきな……！　ここで何してるの⁉」

「何って、住んでるんだけど」

「ここに⁉」

こんなお高そうなマンションに⁉　家は抵当に入ってて差し押さえ寸前なのに⁉

「――おい、玄関先で何をやってる。早く上がってもらえ」

奥から父親の声が聞こえてくる。

「そうだったわ。ごめんなさいね、孝仁さん。気の利かない娘で」

何故わたしのせいにする⁉

「お邪魔します」

それまでの仏頂面から一転、にこやかに言って孝仁はぐいと紫音の背を押した。よろけるように戸口をくぐってしまう。

「さぁ、どうぞどうぞ」

母は愛想よくスリッパを並べた。実家の履き古されてぺったんこになったものとは明らかに違う、ふかふかのスリッパだ。

出てきた父と孝仁がにこやかに挨拶を交わしている。

わけがわからないままリビングダイニングへ連れて行かれ、ソファから立ち上がった人物を見て紫音は仰天した。

「お兄ちゃん⁉」

緊張した面持ちで突っ立っていたのは、長らく行方不明だった兄の博之だったのだ。

「紫音。月嶋さん。このたびは大変ご迷惑をおかけしました」

博之は深々と頭を下げた。

「まぁまぁ。頭を上げてください、お義兄さん」

(お義兄さんて!)

紫音はぎょっとして横目で孝仁を見た。

「いや……申し訳なくてとても顔向けできません」

「まぁ、そう言わず」

いたわるように肩を叩かれ、ようやく博之は顔を上げた。

よく見れば兄はずいぶん痩せていた。こざっぱりとした服装で髭《ひげ》もきれいに剃《そ》っているが、げっそりと頬が削げてやつれている。

「どうぞお座りください。今お茶をお持ちしますので」

母に言われ、呆然としたまま紫音は孝仁と並んで座った。

「……お兄ちゃん。今までどこにいたの? みんなずっと探してたんだよ」

気を取り直し、キッと兄を睨む。

博之は肩をすぼめ、申し訳なさそうに頭を掻いた。

「知り合いを頼って、あちこち金策に回ってた。でも、どこも貸してくれなくて……」

「当然でしょ! お兄ちゃんみたいな極楽トンボ——いいえっ、穀潰《ごくつぶ》しに出資する人なんていないわけないよっ」

「み、耳が痛い」

「いくらなんでも穀潰しは言い過ぎじゃないか」

なだめようとする孝仁に激しくかぶりを振り、紫音は容赦なく兄を糾弾した。

「会社を立ち上げては潰し、立ち上げては潰し、その挙げ句借金踏み倒してドロンだよ⁉　穀潰し以外にどう言えっての⁉」

「うぅ……」

「お兄ちゃんのせいで、お父さんは車を手放して、家を担保にして借金するはめになったんだから！　おまけにヤクザまで押しかけてきて、わたし危うく風俗で働かされるとこだったんだからね⁉」

「も、申し訳ない……」

博之は座ったままふたたび深々と頭を下げた。

「お兄ちゃんなんかソファに座る資格ないよ。床に座って！」

「ちょっと、紫音。何もそこまで」

「いや、いいんだ。紫音の言うとおりだ」

お茶を運んできた母親が取りなそうとするのを制し、博之はフローリングの上でかしこまった。

「ま、まぁ、まずは一服して落ち着こうじゃないか」

紫音の剣幕《けんまく》に気圧《けお》されていた父が気を取り直して茶を勧める。

「いただきます」

澄ました顔で孝仁が茶碗を取り上げ、しぶしぶ紫音も従った。床に正座した博之も背筋をピンと伸ばし、薄茶でもいただくように湯飲みを口許に運ぶ。

ぶすっとしながらお茶を飲み干した紫音がようやく怒気を鎮めたのを見計らい、父親が切り出した。

「実はな、博之を探し出してくれたのは月嶋さんなんだよ」

「え……!?」

驚いて孝仁を見ると、彼は穏やかに微笑した。

「実績のある探偵事務所に依頼して探させてた。逃げ回るのがうまくて、数日前やっと捕まえることができたんだ」

いやぁ、と照れたように頭を掻く兄を、紫音はぎろりと睨んだ。

「褒めてないから！」

「す、すまん。いや、借金取りだと思って……。月嶋さんの話を聞いて驚いた。というか、自分が恥ずかしくて、申し訳なくて」

博之は湯飲みをテーブルに置いて後退《あとずさ》ると、床に手をついて土下座した。

「月嶋さん。本当に申し訳ありませんでした」

「いいんですよ、お義兄さん。顔を上げてください。あと、そろそろソファに」

「ちょっと！　お義兄さんはやめてください」

小声で抗議したが、彼はまるで取り合わない。

正座したままの兄に続いて父親も深々と頭を下げた。

「本当に何もかも月嶋さんのおかげです。借金の返済から自宅の売却手続きまで、いろいろと面倒を見ていただいて」

「売却？　うち売っちゃったの⁉」

ああ、と父親は頷いた。

「月嶋さんのおかげで、買い叩かれずに済んだ」

「けっこういい値段で売れたのよ」

母がニコニコと付け加え、孝仁は愛想よく微笑んだ。

「付き合いのある業者に頼みましたので」

孝仁が手持ちマンションの賃貸業務を委託している不動産屋に違いない。

「……それで、室長に泣きついてここを借りたわけ？」

「いや、それは違う。俺がこの部屋を提供するから自宅を手放してはどうかと持ち掛けたんだ」

「自宅を売却した金を博之の借金返済に充当してもらってね。銀行と会社から借りてた分はどうにか返せた」

「街金の分が残ってるでしょ」

「債務整理してだいぶ減ったよ。法律違反の暴利がかかってたし」

孝仁に言われても、紫音はまだ釈然としなかった。

「紫音。俺、自己破産の手続きしたんだ」

「え？」

「借金をチャラにしようと言うんじゃない。けじめをつけようと思ってね。借りた金は働いてちゃんと返す」

「……あてはあるの？」

「俺が紹介した。うちの配送センターに欠員があったんで」

涼しい顔で孝仁が言い、博之は軽く頭を下げた。

「契約社員として雇ってもらった。明日から働くことになってる」

「でも……大丈夫なの？　お父さんたちと一緒に住むにしても、ここはちょっと贅沢《ぜいたく》すぎるんじゃ……」

「心配ない。家賃は半額だ」

「ええっ⁉」

「俺の持ち家だから問題ない」

「でもっ」

「ここは二階で、このマンションでは一番安い部屋なんだ。間取りは上階と同じ。眺望《ちょうぼう》はないけどお得だよ」

にっこりされて言葉に詰まる。

「室長とわたしたちでは安いの基準が違いすぎますっ」

「俺たちもなぁ、ちょっと甘えすぎだとは思ったんだが」

父親が掌で顔を擦って嘆息した。

「何を仰います、お義父さん」

「ちょっとぉ！」

「しかしねぇ、孝仁くん。本当にうちの娘でいいのかね。月嶋さんのお宅とは不釣り合いでは」

また孝仁くん呼ばわり！

「僕の配偶者は紫音さん以外考えられません」

「室長⁉」

あの、わたしたち別れたはずでは……⁉

「そこまで言ってくれるなら。――ふつつかな娘だが、どうかよろしくお願いします」

「こちらこそ」

なんか、以前にも同じような場面に遭遇した気がする……。

「本当に、ありがたすぎてもったいないくらい。紫音、孝仁さんに恥をかかせるようなまねは死んでもするんじゃありませんよ。もう、ろくなしつけもできてなくて、お恥ずかしい限りですわ」

「とんでもない。紫音さんは世界一素敵な女性ですよ」

にっこり笑顔で言い切られ、紫音が狼狽《ろうばい》していると、床に正座したままの兄まで感極まったように目許を押さえた。

「よかったなぁ、紫音。こんな素晴らしい人に見初められて」

な、なんで家族全員から祝福されてるの、わたし⁉

「あ、あのね。悪いけどわたし、室長とはわか――」

ぐい、といきなり腕を取られて引き起こされる。

「それでは僕たちはこの辺でそろそろ。また遊びに来ます」

「おお、いつでもお立ち寄りください。――博之、おまえもお見送りしないか」

「あ、足が痺れて……」

「どうぞどうぞそのままで。お義母さん、お茶ごちそうさまでした」

「ぜひまたいらしてね。紫音、孝仁さんを大事にするのよ」

答える暇もなく、あれよという間に連れ出されてしまう。

エレベーターの扉が閉まり、動き出すと同時に紫音は噛みついた。

「どういうことですか！　室長とはとっくに別れたはずです！」

「俺は承知していない。しばらく距離を置いただけだ。そして今日からゼロ距離に戻る」

「戻りませんっ」

意地になって怒鳴ると、地下駐車場に到着して扉が開いた。

さっさと歩きだす孝仁を憤然と追いかける。

「コンサル会社に戻って倉本さんとヨリを戻すんでしょ⁉　なんでわたしをかまうんですか！」

「前の会社には戻らないし、倉本とヨリも戻さない。というか、戻すようなヨリなどそもそも存在しない」

彼は車のロックを外し、有無を言わさぬ口調で「乗って」と命じた。

久々に強烈なブリザードビームを照射され、竦み上がった紫音は天敵から逃れて海にダイブするアザラシのごとく助手席に飛び乗ってしまった。

運転席に座った孝仁は、エンジンをかけることなくスマホを取り出して操作し始めた。

何をしてるのかと思っていると、すっとスマホを差し出される。

示された画面に表示されていたのは犬の写真だった。黒っぽいしましまの犬で、ピンクの舌が覗いている。

甲斐《かい》犬だろうか。

「……室長の愛犬？」

「そう。とうに天寿を全うしたが、世界一賢くて忠実でかわいい奴だ。こいつに勝る犬など未来永劫《みらいえいごう》存在しない」

「はぁ……」

よっぽどかわいがっていたようだが、それにしてもすごい思い入れだ。

「ユキチ」

「はい？」

「こいつの名前だ。ユキチという。福沢諭吉に似てるだろう？」

（似て……るかなぁ⁉）

というか、ユキチ。

ユキチ。

――ユキ、チ？

「へぇえっ⁉　まさかこの犬が『ユキ』⁉」

「だからユキチ。ユキじゃない」

「倉本さんじゃないの⁉」

「違うって最初から言ってるだろ。覚えてないが、熱に浮かされて口走ったなら『ユキチ』以外には考えられん。声がかすれて『チ』が聞こえなかったんじゃないか？」

そう……なのだろうか。

よくよく思い出してみると、『ユキ』と『は』のあいだに間があったような気がしなくもない。

「……でも、『ユキ』なんて知らないって。倉本さんは由紀でしょ」

「倉本のことなんか忘れてたよ。ただの同僚だったたし、転職してから会ってなかったしな」

スマホを受け取り、まじまじと『ユキチ』を見つめる。

「かわいいだろ？」

「そう……ですね」

実物を見ればかわいいのかもしれないが、写真では黒っぽいしましまなのでよくわからない。

「紫音を初めて見たとき、ユキチに似てると思った」

「似てます⁉」

「似てる。そっくりだ。ユキチが生まれ変わって現われたんだと思った」

「やっぱり目がどうかしてるよ！」

犬に似てると言われたのはまだしも、その犬が福沢諭吉に似てるということは、紫音も福沢諭吉に似てるということで――。

一万円札の肖像画を思い浮かべて、紫音はぷるぷるとかぶりを振った。

「絶っ対、似てないから！」

「似てると思うけどなぁ」

「似てない！　孝仁さん、目おかしいよ！」

「やっと元に戻った」

「な、何」

「ずっと名前で呼んでくれなかった」

「それは……別れたわけだし……」

「別れてない。寝ぼけてキスしたことは謝る。紫音のファーストキスをそんなふうに奪ったのは悪かった。でも、他の女性と間違えたわけじゃないってことだけは信じてほしい」

「うん……」

「たぶんユキチの夢を見て、もふってたんだと思う」

あのときの嬉しそうな孝仁の表情からして、そうに違いない。紫音はもう一度ユキチをじっくり眺め、スマホを返した。

「言っておくが、ユキチに似てるってだけで紫音のこと好きになったわけじゃないからな」

「そうなの？」

「あたりまえだろ！　紫音の一番好きなところはな、ポケッとしてるように見えて何気に鋭いところだ」

「……それ褒めてるの？　貶してるの？」

「一〇〇パーセント褒めちぎっている」

そうは聞こえないけど……。

「何事にも一生懸命なところも大好きだ。あまりにかわいすぎて、ぎゅうぎゅうしたくなる」

……うん、してるよね。しょっちゅう。

「納得してくれた？」

「うん、した」

「じゃ、帰るとするか」

「そうね」

「どっちに？」

期待するように悪戯《いたずら》っぽく問われ、紫音はどぎまぎした。

「……ゼロ距離のほう？」

くすっと笑って孝仁が身体を傾ける。身を乗り出して紫音は自分から彼と唇を合わせた。

マンションに着くと、玄関の扉が閉まるや否や抱きすくめられ、唇をふさがれた。

餓《う》えたような情熱的なキスに、紫音もまた無我夢中で応える。

靴を脱ぎ散らかし、歩く間も惜しむようにお互いの服を脱がせながら寝室に飛び込んだ。

スプリングが弾み、両手首を掴まれて息つく暇もなく唇を奪われる。

貪るようなくちづけ。

息苦しさに涙がにじんだが、それ以上の喜びに胸が高鳴る。

「……ショックだったぞ。嫌いって怒鳴られて」

首筋に舌を這わせながら囁かれ、ぞくぞくと震えながら紫音は彼にしがみついた。

「あ……ご、ごめんなさい……っ」

「ショックのあまり、メシも喉を通らなかった」

「あんっ」

弾む乳房を武骨な手で鷲掴まれ、甲高い嬌声が口を突く。ぐにぐにと揉みしだかれて、快感に背がしなった。

「悪かったと思ってる?」

甘く責めるような口調に、紫音は懸命に頷いた。

「わたしだって……ショックだったの……。元カノだって言われて……やっぱりこういう女《ひと》がいいのかな、って……」

「俺がいいのは紫音だ」

「ん……」

「何度もそう言ってるのに、ほんと紫音は疑り深いよな」

「ごめ……っ」

「謝ってもだめ。お仕置きしてやる」

嗜虐《しぎゃく》の混じる情欲で、孝仁の瞳がぬめった光を放つ。

射すくめられた紫音はぞくぞくっと腹奥がわななき、その視線だけで達しそうになってしまった。

孝仁は身を起こすと紫音の脚を大きく開いた。

秘処が剥き出しになり、ひくりと媚蕾が震える。反射的に閉じ合わせようとしたが、膝を掴まれてさらに限界まで開かれた。

「ひっ……」

ぎゅっとシーツを握りしめ、羞恥に耐える。

「もうこんなに濡らしてるのか。キスして胸揉んだだけなのに。紫音はエッチだな」

「き、もち……よく……て……っ」

食い入るような視線に身体が震え、さらなる蜜がトロトロとこぼれ落ちる。孝仁は指先を蜜溜まりに浸すと、花芯の根元をくすぐるように撫でた。

「あ、あ、あんッ……ん……っ」

くちゅくちゅと秘裂をかき回され、淫芽をくすぐられて腰を震わせる。揃えた指が第二関節まで沈み、浅く出し入れされる快感に紫音はくっと唇を噛んだ。

孝仁は濡れた指を抜き出すと、見せつけるようにゆっくりと開いてみせた。まといついた蜜が糸を引き、紫音は赤面した。

さらに彼は大きく舌を出し、濡れた指をべろりと舐めた。唾液をたっぷりと絡ませた指が、ふたたび花筒に侵入する。

「や、ぁ、あぁあ……っ」

今度は付け根まで深々と穿たれ、ぬぽぬぽと勢いよく抽挿されて紫音は激しくかぶりを振った。

「だめっ、それ……あ、あ、あ……ぃ、いっちゃ……ッ」

下腹部がきゅうきゅう疼き、内臓がよじれるような感覚に唇を噛みしめる。頤を鎖骨のあいだに埋め込むようにして、紫音は恍惚に達した。

「は……ぁ……あ……」

複数の指を深く呑み込んだまま、紫音は喘いだ。

ひくひくと痙攣する媚壁を探るように指先が撫でている。ゆっくりと指が抜き出されると、あふれ出した蜜が会陰を伝っていった。

「かわいいな」

孝仁は満足そうに呟くとわななく蜜口に唇を押し当てた。じゅるっと蜜を啜《すす》られ、紫音は嬌声を上げてのけぞった。

「やぁっ！　待って、まだ……」

容赦なく責められ、続けざまの絶頂を強いられて、じぃんと頭が痺れる。

はぁはぁ喘いでいると、膝立ちになった孝仁が紫音の頬を撫でた。

顔を上げれば目の前で太棹が揺れていた。

「してくれる？」

甘い誘惑声におずおず頷き、紫音は身を起こすと口を大きく開けて怒張しきった雄茎を含んだ。

えずく寸前まで深く呑み込み、言われるままに唇と舌を使って扱《しご》く。

「ん、ん、んっ、んぅ」

手淫を施したことは何度かあるが、口でするのは初めてだ。ぎこちない舌使いにもかかわらず、孝仁は心地よさそうに腰を揺らしている。

「……まずいな。相当溜まってたみたいだ。一度出すぞ、紫音。飲まなくていいから」

そういうと彼は紫音の頭に手を添えてぐいぐい腰を突き入れた。

膨れ上がった欲望が弾け、青臭いにおいが口中に立ち込める。

飲まなくていいと言われたが、反射的にごくりと飲み下してしまった。

ふぅっと溜め息をついた孝仁が紫音の口許に掌を差し出す。

「ほら、出して」

こほっ、と軽く噎《む》せながら紫音は首を振った。

「の……飲んじゃった……」

「いいって言ったのに」

「びっくりして、反射的に……」

孝仁は紫音の唇をぬぐうと、裸のまま寝室を出ていった。

すぐにミネラルウォーターのボトルとグラスを持って戻って来る。

ほどよく冷えた水を飲み、ほっと溜め息をついた。

「悪かったな。貞操を守ってる間にずいぶん溜まった」

「う、ううん。いつも孝仁さんに、し、してもらってるし……」

赤くなって口ごもると、抱き寄せられ、目許にチュッとくちづけられた。

「俺、やっぱり紫音がいい」

「うん……わたしも」

孝仁以外の男性は知らないけど。彼とひとつになったときの高揚感は、何にも替えがたい快楽と幸福感をもたらしてくれる。

抱き合って飽かず舌を絡めあっていると、彼の欲望がふたたび頭をもたげ始めた。

紫音は避妊具を装着した孝仁の上に乗り、そっと屹立《きつりつ》に手を添えた。

少し扱いただけで怒張はみるみる天を指す。紫音はそろそろと先端を蜜口へ導き、思い切って膝の力を抜いた。

ぬぷぷっ、と最奥まで一気に貫かれ、背骨を駆け上がる快楽に顎を反らす。

「は……ぁ……っ」

じん、と痺れるような愉悦が全身を駆けめぐり、瞳が潤んだ。ぺたりと座り込んで喘ぐ紫音の腰を孝仁が優しくさする。

紫音は腰を引き上げ、くなくなと揺らし始めた。

「悦いところに当てて」

「ん……」

頷いて欲望のままに腰を上下させる。

かすかなスプリングの軋みと、濡れた肌のぶつかりあう音がひどく猥りがましくて、さらに昂奮をかきたてられてしまう。

孝仁が手を伸ばし、揺れる乳房を掴んだ。前屈《まえかが》みになって愛撫《あいぶ》に身をゆだねながらさらに腰を揺すりたてる。

指先で弾《はじ》くように乳首を刺激しながらむにむにと揉みしだかれたかと思うと、きゅっと摘まれて引っ張りながらくりくりと左右に紙縒《こよ》られる。

「んっ……。悦ぃ、それ……っ」

ぱちゅぱちゅと結合部がぶつかりあい、かき混ぜられた蜜が泡立って剛直にまといつく。

快感で何も考えられなくなり、紫音は淫らに喘ぎながらひたすら腰を振りたくった。

「ひぁっ、あん……んんっ、んッ……！」

激しい絶頂が訪れ、つかのま紫音は放心した。

気がつくと身を起こした孝仁に抱きしめられ、唇を吸われていた。

「ん……」

彼のうなじに腕を回し、上気した乳房を逞しい胸板に押しつける。

「紫音……。もう、俺から離れるなよ……？」

頷いて唇を重ねた。

「……ずっと一緒にいる」

息がとまりそうな抱擁に、孝仁への愛を実感する。

蕩《とろ》けそうなくちづけを幾度も交わしながら、ふたりは果てしなく快感を分かち合い続けた。

終章

十二月初旬、〈ノスタルジック・ラヴァーズ〉ブランドのホテルとレストランは予定どおりに無事開業した。クリスマスと年末はすでに予約で埋まっている。

孝仁の転職の噂はいつのまにか立ち消えていた。どうやら倉本由紀が社内の知人を通して流したものだったようだ。

彼は復職の打診をはっきり断り、お別れに一杯だけとせがまれてやむなく付き合ったものの、由紀の態度が危うい感じになってきたので早々に退散したという。

由紀は孝仁を誘惑するつもりだったのかもしれない。

以前にもそれとなく誘われたことが何度かあり、気付かぬふりで躱《かわ》していたそうだ。仕事のパートナーとしては優秀で、信頼もしていたが、それ以上の関係になるつもりはなかった。

その頃孝仁の帰宅が遅かったり外出が多かったりしたのは、紫音の兄の捜索で探偵事務所からの報告を受けたり、江端家の新しい住まいを準備したりしていたせいだった。

「でも……あんな美人なのに?」

ふたりが無関係だったことに安堵しつつ、やっぱり不思議に思えて紫音は尋ねてみた。

「俺、ああいう自信満々で押しの強いタイプは苦手なんだ。うっかり一歩でも引こうものなら我が物顔で三十歩踏み込まれる」

確かにそうかも……。

「仕事でならいくらでもやりあえるが、プライベートでまで駆け引きなんかしたくないよ。どういうわけか俺に近付いて来る女って倉本みたいなのが多いんだよな。岡本もそうだし」

「あー……。似たようなタイプかも」

「その点、紫音は俺の究極の癒《いや》しだ」

そう言って彼は紫音を抱き寄せ、頬をすりすりした。

「はぁ、癒される……。ほんと紫音はかわいい」

言われるほうが恥ずかしくなるほど『かわいい』を連発され、キスしまくられ。

そのままソファに押し倒されて紫音《タテゴトアザラシ》は孝仁《ホッキョクグマ》に優しく完食されてしまったのだった。

そして、十二月二十五日。

月嶋家の邸宅で開かれたホームパーティーに、紫音は孝仁とともに出席した。

前日のクリスマスイヴは孝仁とふたり、都心のホテルでロマンチックなディナーを摂った。

最後に出されたサプライズ・デザートには、工夫をこらして飾りつけられたお皿にダイヤモンドのエンゲージリングが乗っていた。

嬉しくて、幸せで、涙ぐむ紫音の指にリングを嵌め、孝仁は指先にそっとキスして微笑んだ。

約束の証を嵌め、いよいよ月嶋家邸宅の堂々たる門をくぐる。

孝仁の家族と顔を合わせるのはこれが初めてだ。

緊張しきって挨拶すると、びっくりするほど大歓迎された。孝仁の両親つまり月嶋家具の社長夫妻は、ふたりの結婚について満面の笑みで承諾してくれた。

会長である祖父だけはちょっと不満げな表情だった気もするが、孝仁のふたりの姉（どちらも華やかな美人！）や、その子どもたちに囲まれればすぐに相好を崩した。

孝仁の弟である直樹は紫音よりひとつ年上の二十七歳。人懐っこい人柄もあって、すぐに打ち解けた。

「いや〜、兄さんが結婚を前提に女性と同居してるって聞いたときは、家族全員仰天したよ〜。てっきり仕事と結婚するつもりだと思ってた」

「そんなことは言ってない」

ムッとしたように孝仁は弟を睨んだ。

「だってさぁ、じいさんが持ってくる見合い話は軒並み蹴っちゃうし、近付いて来る女性はガン無視するだろ？　まったく、黙ってても女性が寄って来ると思ってるんだからヤな人だよ」

そういう直樹も孝仁に負けず劣らずイケメンだ。ただタイプは真逆で、末っ子らしく甘え上手な感じの柔和で秀麗な面差しをしている。

「単に好みじゃなかったからだ」

「紫音ちゃんは好みのストライクゾーンだったわけだね。うん、わかる。確かに、どことな～くユキチを彷《ほう》彿《ふつ》とさせるもんな。あ、ユキチっていうのはね、兄さんが溺愛してた犬の名前」

「はい、聞いてます」

「いくら愛犬でも犬に似てるなんて失礼だよね～。紫音ちゃん、よく怒らないね」

「はぁ。それは別にかまわないんですけど。その、名前の由来が福沢諭吉に似てたからというのが、ちょっと……」

「いや、福沢諭吉には似てないでしょ。似てるのはユキチのほう」

だからその線引きがよくわからないのですが。

「紫音ちゃんを一目見て、うちの家族全員納得したんだよ？」

挨拶したとき、月嶋家の人々が「ああ……」と深く得心したように見えたのは、それだったのか。

（まぁ、反対されなかったんだからいい……のよね）

「別にユキチに似てたから好きになったわけじゃない。それは単なるきっかけだ」

「そりゃそうだろうけど。――ユキチはさ、家族にとっても特別な犬だったんだ。兄さんの危機を救った犬なんだよ」

「えっ」

驚いて孝仁を見ると、彼はかすかに顔を赤らめて弟を睨んだ。

「いいよ、その話は」

「いーや、よくない。ちゃんと話しておかないと。――実は兄さん、子どもの頃に誘拐されかかったことがあるんだ。俺は幼すぎて覚えてないけどね」

「そうなの⁉」

仕方なさそうに孝仁は頷いた。

「小学一年の時、学校帰りに連れ去られそうになったんだ。姉たちは執事が車で送迎してたが、俺はそういうのがイヤでな。付き添い係もよく出し抜いて、両親に叱られた」

「そういうとこ兄さんは反抗的というか、独立独歩というか。別に贅沢で送迎してるわけじゃないんだよ、あれ」

「わかってるって」

孝仁は肩をすくめた。

裕福な家庭の子女は営利誘拐の標的になる可能性が高い。

そして実際、一人歩きしていた孝仁は狙われた。

「ともかく自業自得で誘拐されかけたわけだが、俺がジタバタ暴れて抵抗していると、突然どこからか犬が現われて誘拐犯どもに吠《ほ》えかかったんだ。脚に噛みついたりして、騒ぎに気付いた近所の人や俺を捜し回っていた付き添い係が駆けつけて事なきを得た」

「それがユキチ？」

「ああ。首輪をしてなくて野良犬らしかった。仔犬よりは大きいが、まだ成犬にはなってない感じだったな。誘拐犯に蹴飛ばされてぐったりしてたからすぐに病院に連れてった」

骨折などの大事はなく、すぐに犬は元気になった。

飼いたいと両親にせがむと、この犬のおかげで誘拐をまぬがれたわけだから、と許可された。

「見た目は黒虎毛の甲斐犬ぽかったけど、たぶん雑種だろうと獣医は言ってたな。すごく頭がよくて、教えたことはすぐに覚えた」

自慢そうに孝仁が胸を張る。

「名前を何にしようか考えながら犬を眺めてたら、なんか一万円札の人に似てるなぁと思ってな」

「それでユキチにしたわけね……」

「それさぁ、絶対兄さんの目がおかしいって。福沢諭吉には全然似てないよ」

「やっぱり似てませんよね⁉」

よかった～、と紫音は胸をなでおろしたが、孝仁は似てると断固言い張る。彼の目には余人には窺《うかが》い知れぬ共通点が見えるのかもしれない。

こうして月嶋家の飼い犬となったユキチだったが、真に懐《なつ》いていたのは孝仁だけだという。

「兄さんが与える餌しか食べないんだよ。他の家族にも散歩させたり撫でさせたりはしてくれるんだけど、『忍耐』って顔つきだったなー。うん、小憎らしいくらいに賢い忠犬だった」

誘拐未遂事件をきっかけに、孝仁は車での送迎を受け入れ——たりはしなかった。

朝はユキチと一緒に登校し、ユキチは執事の車で一旦月嶋邸に戻って下校時間にまた車で学校まで連れて行かれ、孝仁と一緒に歩いて戻って来る……という毎日だったそうだ。

孝仁も頑固だが、お付きの人も大変だったことだろう。

さらに孝仁は護身術として合気道を習い始めた。会社前で紫音を脅したヤクザをなんなく取り押さえたのも、心得があったゆえだったのだ。

ユキチは長生きをして、孝仁に見守られながら穏やかに旅立った。彼はしばらくペットロスに陥ったそうだが、当然だろう。

ちょうどそれが転職の時期と重なったこともあって、彼は一心不乱に仕事に没頭した。結果、会社の業績は上向いた一方、彼は仕事の鬼と目されるようになった。

社内では無表情で無愛想だったのも、ふとした瞬間にユキチを思い出すたび泣きそうになるので、表情を動かさないようにしていたのが習い性になってしまったらしい。

そこへユキチを彷彿とさせる紫音が企画室にやってきて、行き過ぎた自制心と葛藤から視線がブリザードビームと化した。

目が合うたびに凍りついていた紫音としては、なんなのそれ……と脱力する気分である。

「兄さん、イケメンだけど変人だからさ〜」

無遠慮に大笑いする弟を、孝仁は睨みつけた。

「おまえに変人呼ばわりされる謂《い》われはない」

「いやぁ、俺なんか兄さんに比べれば平々凡々たるものですよ」

ニヤニヤする直樹は、人懐っこく甘え上手な見た目と違って内面は意外と一筋縄ではいかないのかもしれない。

ホームパーティーには月嶋の一族だけでなくそれぞれの友人たちも招かれて、かなりの賑わいだ。

家族だけでも四世代に渡り十人以上いる。紫音の元には入れ代わり立ち代わり家族の誰かがやって来て歓待してくれた。

特にふたりの姉娘（長女の聡美《さとみ》と次女の美鈴《みすず》）は紫音が気に入ったようで、今度女子会しましょうよと熱心に誘われた。

いらぬことを吹き込まれるのではと憮然とする孝仁の周りで幼い甥《おい》と姪《めい》がはしゃいでいる。

しばらくして紫音と孝仁はだいぶ混み合って暑くなってきたリビングを出て、玄関ホールの大階段の端に座って休憩した。

やがて孝仁がシャンパンのお代わりを取りに席を外すと、玄関からまた新たな客が案内されてきた。

ふと目が合い、お互い目を瞠る。それは倉本由紀だった。

由紀はものすごくイヤそうな顔をした。見せつけたつもりはないが、たまたま見えていたエンゲージリングに気付くと由紀の眉間のしわがさらに深くなる。

そのままリビングのほうに行ってしまうかと思えば、彼女は急に向きを変えてつかつかと紫音に歩み寄った。

「婚約したそうね。まさかコージンが本気であなたにプロポーズするとは思わなかったわ。あんな佳《い》い男なのに、趣味悪すぎ」

「そうかもしれません」

とげとげしい厭味をさらっと受け流すと、ますます由紀はムッとした。

「余裕だわね」

「というか……孝仁さん、ちょっと変な人なんで」

「ものすっごく変な人だわ！　いくらイケメン御曹司だって、あんなのこっちからお断りよ」

由紀は目を吊り上げ、ぷりぷりしながら去っていった。

入れ替わりに孝仁がシャンパングラスとフィンガーフードの乗ったトレイを持って戻ってくる。

「今、倉本とすれ違ったけど……大丈夫か？」

「うん。孝仁さんなんか、こっちからお断りよって言ってた」

「ははっ。そりゃ助かる。実は倉本、美鈴——下の姉の大学の後輩でな」

「あ、それで招かれてたのね」

「ああ。姉とは気が合うらしくて、ずっと仲良くしてる。最初のコンサル会社で倉本に会って、自分の先輩の弟なんだとわかったらよく話しかけて来るようになった。仕事で組む機会も増えて」

「それまでは会ったことなかったの？」

「一度もないな。ホームパーティーや茶会で顔を合わせるようになったのも、就職してからだ」

この夏の茶会にも由紀は来ていたが、美鈴が受け持つ茶室に招待されていたので出会わなかった。

その時点ではまだ紫音は由紀を知らなかったから、すれ違ってもわからなかっただろう。

「縁があるって思ったのかもしれないね」

「かもな」

姉と親しかったことで、なんとなく孝仁に対して優先権があるような感覚を抱いたのかもしれない。

由紀もまた岡本と同じように自分の容姿や才能に絶対の自信を持っていた。なのに何度迫ってもまったく相手にされないので、頭に来て転職の噂を流したのだろう。

「ここもうるさくなってきたし、部屋で休憩するか」

「孝仁さんの部屋？」

「ああ。帰省したとき泊まるから、今もそのままになってる」

孝仁の部屋は二階で、マンションの主寝室よりはいくらか狭いものの豪邸だけあって広々としている。

「あ、そうだ。ユキチの写真見たいな。スマホ画面だとよくわかんなかった」

「アルバムがあるぞ」

孝仁は分厚いアルバムを数冊書棚から取り出して来た。

ベッドに並んで腰掛け、アルバムをめくる。仔犬の頃からのユキチと一緒に少年の孝仁も写っていて、美少年！　とドキドキした。こんなに見目麗しかったらお金持ちでなくても誘拐が心配になる。

老犬になったユキチを優しく撫でている、すっかり大人になった孝仁の写真には、思わずほろりとしてしまった。

アルバムの余った部分には、様々なアクティビティー中の孝仁の写真が貼られていた。

「孝仁さんって多趣味だよね。茶道に合気道にパラグライダー」

「スカイダイビングもやるぞ」

「スリリングなのが好きなわけね……」

静と動にしても結構極端だ。

そこがまた彼の独特で不思議な魅力なのかもしれない。

パラグライダーは大学生の頃に始め、スカイダイビングは社会人になってからアメリカで体験してハマったそうだ。

「ユキチが元気だったら、一緒にパラグライダーやスカイダイビングしたかったよ」

賢くて度胸もある犬だったらしいから、そんなアドベンチャーにもきっと喜んで同行しただろう。

「スカイダイビングは断固遠慮するけど、パラグライダーはまたやりたいな。すっごく気持ちよかった」

「春になったらまた飛ぼう。春の緑は夏とは違う濃淡があっていいぞ。山もまだ残雪が多くて、日が当たるとキラキラしてな」

「すごい綺麗だろうね！　楽しみ～」

ふふっと笑う紫音を孝仁が後ろから抱きしめ、頬にチュッとキスする。

抱き合ってキスしていると、コンコンと扉が鳴って直樹が顔を出した。慌てて離れようとする紫音を、孝仁が強引に抱き寄せる。直樹は呆れ顔で肩をすくめた。

「邪魔して悪いけど、そろそろビンゴが始まるから下りてきなよ。豪華景品を用意したからさ」

「選んだのおまえだろ。期待はできないな」

「まぁ、そう言わず。ほら、早く」

ドアを大きく開いて促され、孝仁は苦笑して立ち上がった。

差し出された彼の手を握り、足取り軽く部屋を出る。

ベッドの上に置かれたアルバムの表紙では、ベストショットのユキチが怜悧《れいり》な黒い瞳をまっすぐな愛にきらめかせていた。

番外編

その後のふたり
愛の巣ごもりはほどほどに。

「まさか、バレてたとはなぁ……」

ハァ、と溜め息をつく孝仁を見上げ、紫音は顔を赤らめた。

「わたしだって全然気付かなかった」

新年会の帰り道。企画室の面々と別れ、ふたりだけで歩きだしてしばらくすると唐突に孝仁は慨嘆した。

いつまでも伏せておいても不自然だろうと、お開きの直前に婚約を発表したのだが。一瞬シンと静まり返ったかと思うと、次の瞬間には全員の歓声と拍手が巻き起こった。

それはいい。祝ってもらえるのはありがたいことだ。

問題は、ひとりを除いて誰も驚いていなかったこと――。

つられて拍手しながらひとりだけびっくりした顔だったのは、内田奈巳《なみ》という女性社員。彼女は子育て中のため基本在宅勤務で週一度しか出社しないため企画室内の近況に疎かった。

今度じっくり聞かせてよね！　と迫った内田は、やはり幼い子どものいる上篠茜と一緒に残念そうに帰っていった。

残りのメンバーと二次会へ繰り出し、大賑《おおにぎ》わいの居酒屋で並んで座らされて全員に大ジョッキを掲げて『おめでとー！』と祝福された。

そこでわかったのだが、孝仁が紫音に気のあることは企画室のほぼ全員にとっくに知られていたのだ。

「だぁって何かというとじーっと紫音ちゃんのこと見てるしー。ねぇ？」

「そうそう」

ほんのり顔を上気させた由加里に、今井が相槌を打つ。

「なのに紫音ちゃんたら、ぜーんぜん気付かないんだもーん。にっぶーい」

けらけら笑って由加里が豪快にジョッキを傾ける。

いかにもお嬢様然とした、事実社長令嬢である由加里は実はぶっちぎりの酒豪だ。酔いつぶれた男性社員を送っていき、酔った勢いで迫られたところを張り倒して笑顔で戻ってきたという武勇伝を持つ。

「鈍いって……あんな氷点下の視線で睨まれたら嫌われてると思うのが普通じゃないですかっ」

「だから睨んでたんじゃないって」

隣で頭を抱えていた孝仁が心外そうに抗議する。

「睨んでるようにしか見えませんでしたよっ」

眉を吊り上げて紫音が言い返せば、『仲いい～』『ラブラブ～』と冷やかされ、囃《はや》し立てられてしまう。

「紫音ちゃん、エンゲージリングは？　見せてよ」

「家に置いてあります」

「次から着けてくること！　もう解禁でしょ？」

「いや、一応会社全体の新年会で発表することになってるんで、それまでは内密に頼む」

「りょうか～い」

皆揃って口にチャックのジェスチャーをする。

「で、結婚式はいつですか？」

「六月」

「え、そんなに先なの？」

「まぁ、いろいろと都合があって」

「いいじゃない、ジューンブライド！」

六月にしようと言い出したのは孝仁なのだが、仕事の都合というより何か別の思惑もありそうな気がする。

紫音としてはやはりジューンブライドに憧れもあるし、多少の習い事もしなくてはという思いもあるので、少し先のほうがかえってありがたかった。

「俺たちも呼んでもらえます？」

「そりゃ呼ぶよ。企画室員は皆」

今井の問いに孝仁が頷くと、やったーと全員にバンザイされてしまう。

二次会は孝仁が奢り、さらにどこかへ繰り出すつもり満々の彼らとは別れてふたりで家路に着く。

イルミネーションきらめく繁華街を並んで歩きながら、孝仁は『まさかバレてたとは……』と溜め息をついたのだった。

「上篠には気付かれてるような気がしてたが……」

「そうなの？　――あっ、もしかして家に書類持っていかせたのって」

「気を利かせたつもりかもな。本当に都合がつかなかったのかもしれないが」

「両方……だったかもね」

「そうだな。まぁ、結果的にはそれで紫音に看病してもらえたわけだ。お節介に感謝だな」

「わたしはビクビクだったんだから」

口を尖らせ、紫音は孝仁の腕をぎゅっと抱え込んだ。

「ホッキョクグマには慣れた？」

「着ぐるみだってわかったから」

「紫音が勝手に着せたんだろ。俺は元から普通の人間だ」

あんまり普通じゃないけどね……と思いつつ頷く。

酔い醒《ざ》ましにイルミネーションを眺めながらぶらぶら歩き、タクシーを拾って帰宅した。

玄関を入るなり、孝仁が甘い低音ヴォイスで囁いた。

「風呂、一緒に入ろう」

「え……」

「風呂に入るだけ。クリスマスパーティーのビンゴで当てた入浴剤、まだ使ってないだろう？」

「そ、そうね」

一緒に入浴したことならすでに何度もある。まだちょっと恥ずかしいが、モコモコの泡立ちを謳《うた》う入浴剤は使ってみたいし、ひとりで入るより楽しそうだ。

使用方法どおりに湯を張りながら入浴剤を投入すると、湯が溜まる頃にはバスタブは泡だらけになっていた。薔薇《ばら》の香りが浴室に立ち込めている。

先に入って泡を両手で掬って遊んでいると孝仁がやって来て湯船に浸かった。逞しい裸身が見えなくなってホッとする。やっぱりまだ直視するのは気恥ずかしい。

「紫音、こっちへ来い。洗ってやる」

「い、いいよ、自分で洗うから。それにこれ、浸かるだけでキレイになるって書いてあった……」

「紫音が来ないなら俺が行く」

孝仁は身を起こすと有無を言わせず紫音を押し退《の》け、自分の身体の上に載せてしまった。

そして泡を掬い取ると肩から背中、腕、と掌でさすり始める。念入りに乳房を撫で回す手つきがどうにもいやらしい。そればかりか……。

「……あの。何かお尻に当たってるんだけど」

「紫音がかわいいからだ」

ちゅっと耳の後ろにキスされて、ひぃ～と身を捩る。

「お、お風呂入るだけって」

「身体を洗うのも入浴のうちだろ?」

「て、手つきがいやらしいです!」

「紫音がかわいいから」

「人のせいにしないでっ」

むにむにと乳房を揉まれ、お腹や腿を撫で回されればいやでも性感を煽られてしまう。

おまけに孝仁は完全にその気になっているのだから、紫音の抵抗など果敢《はか》ないものだ。

ついには茂みを掻き分けて指が侵入してきた。慌てて脚を閉じ合わせたものの、泡で滑ってしまって動きを止められない。

敏感な花芯をゆっくりと撫でられ、くっと紫音は唇を噛んだ。

ずくんと下腹部が疼き、腿に力が入らなくなる。

「ぁん……っ」

くすぐるように肉芽を弄られるうちに紫音は達してしまった。

耳殻を甘噛みしながら淫蕩《いんとう》に孝仁が囁く。

「ますます感じやすくなったな」

「いじわる……しな……ぃで……っ」

「紫音をかわいがってるだけだ」

ぐっと昂りを押しつけられ、固い欲望の感触にぞくんと身体が震える。

だが、すぐにそれは離れ、ホッとすると同時にちょっとがっかりした気持ちもあって紫音は顔を赤らめた。

「充分キレイになったな。さ、泡を流そうか」

シャワーブースに連れて行かれ、勢いよく適温の湯を浴びせられた。孝仁は背後からぴったりとくっつき、掌を肌に這わせて泡をぬぐい取ってゆく。

互いの位置を変えながら泡を流し終えると、彼はシャワーのコックをひねって湯を止め、紫音の腰を掴んで引き寄せた。

猛々しい屹立が花唇のあわいに滑り込む。前後に動かされると、シャワーで流された泡に代わって刺激で誘い出された愛蜜が滴り始めた。

くちくちと淫靡な音がシャワーブースに響く。

「ん……」

濡れた壁に額を押しつけ、紫音は彼の律動に合わせて腰を振った。

やがて充分に蜜をまとわせた肉槍《やり》が、ひくひくとわななく花鞘に押し入ってくる。

「ひぁあっ」

ずぷぷっ……と一気に剛直で貫かれ、紫音は嬌声を上げた。

「ヤン……っ、だ、だめ、挿れちゃ……」

「もう挿入《はい》った。奥処《おく》まで、ほら」

ずんっと突き上げられ、目の前に火花が散る。

「お風呂、入るだけって……言ったのに……っ」

「バスタブではしなかっただろ？」

「〜〜っっ」

ぐりぐりと太棹で抉《えぐ》られ、紫音は声にならない悲鳴を上げた。

一度大きく退いた雄茎が猛然と抽挿を始める。

濡れた肌が淫らな音をたててぶつかりあう。水滴と汗が入り交じって肌を滑り落ちてゆく。

「あっ、あっ、あっ、あんんっ」

たまらず紫音はふたたび絶頂してしまった。

媚肉が蠢き、剥き出しの欲望を締め上げる。背後で孝仁がはぁっと熱い吐息を洩らした。

「かわいい顔して紫音のココは悪女みたいだな。いいように弄ばれてる気分だ」

「へ、変なこと……言わないでっ……」

「中で出したい。いいだろ?」

「だ、だめ」

「結婚するんだ、出来てもいいじゃないか」

「お式でお腹大きいのは……イヤ……」

「……ああ、そうか。うん、妊婦だとやっぱり危険かもしれないよな」

(き、危険って……何が……⁉)

怒張がずるりと抜き出される。問い質そうとするも、今度は花びらにくるんで抽挿が始まり、それどころではなくなってしまう。

先端が媚蕾を突き上げ、痺れるような快感が込み上げる。

紫音が恍惚に達すると同時に欲望が弾け、腿の内側を熱い白濁がしとどに濡らした。

孝仁は放心する紫音にシャワーを浴びせて洗い清め、バスローブでくるんでベッドに運んだ。

ミネラルウォーターをもらって一息つくと、紫音は改めて尋ねた。

「危険って何？　結婚式で何か企《たくら》んでるの？」

「別に」

受け取ったミネラルウォーターの瓶を呷り、傍らに横たわった孝仁が肘をついてニヤリとする。

「嘘。絶対何か変なこと考えてる！」

「変なこととは失敬な。結婚式は神聖な誓いの儀式だ。厳粛に行なうさ。でも披露宴は自分たちも招待客も楽しまないとね」

不審げに首を傾げる紫音の耳元で、彼は囁いた。

「青空に純白のウェディングドレスって映えると思わないか？」

青空？

ハッと思い当たり、紫音は眉を吊り上げた。

「まさか、パ、パラグ……っんむ！」

唇をふさがれ、組み敷かれて。

抗議の声は、甘く強引な愛の巣《ラヴ・ネスト》に否応なく封じ込められてしまった。

番外編

ふたりのニアミス

lovers' blend

（どうもピンと来ないなぁ……）

大学三年の十一月。江端紫音は街を歩きながら溜め息をついた。

先月から始めたインターンシップ。あちこちに応募してはみたものの、未だに『ここだ！』という感触は掴めない。

（まぁ、まだ始めたばかりだし）

業界研究と思えばいいのかもしれないが、紫音は自分がどういう分野の仕事に関心があるのかも、いまいちよくわかっていなかった。

友人たちの中には二年生からアルバイト感覚で長期インターンに入っている人もけっこういて、周り中が就活の話をし始めると、のんびりした性格の紫音も急に焦りを感じ始めた。

（今日行ったとこも悪くはなかったけど。そもそもやりたいことがはっきりしてないんだよね）

ふー、と嘆息した紫音は、ふと通りがかった店先に目を留めた。

（ここにこんなお店あったっけ……？）

そう頻繁に来る場所ではないので定かではないが、店構えは新しそうだ。

田舎《いなか》のコテージ風のエントランスに緑が飾られ、アンティークっぽい椅子にブリキの如雨露《じょうろ》や鉢植えが飾られている。

壁に留められた木製のプレートに〈nostalgic lovers〉と書かれているのが店名のようだ。

（ノスタルジック・ラヴァーズ……雑貨屋さんかな）

見回すと、白い漆喰《しっくい》壁に窓があり、中で何か飲んでいる人の姿が見えた。カフェらしい。

（ちょうどいいいや、休憩していこう）

店内に入るとオイルステインの床が小さな軋みを上げた。見回した紫音は、そこが単なるカフェではないことに気付いた。入って右側が居心地よさそうなカフェ。L字型に奥へ続いている左側は二階まで吹き抜けで、家具やインテリア用品が本物の家の中のようにセンスよく配置されている。

（わぁ、素敵……！）

インテリア好きな紫音は目を惹《ひ》かれたが、まずは一息つきたい。

運良く窓際の角席が空いていて案内された。作り付けのベンチに自然な色合いのクッションが置かれ、テーブルは手作り風で木のぬくもりが感じられる。

メニューを見ると、ドリンク類の他にパンケーキやフレンチトースト、オムライスのような軽食もある。

コーヒーはブレンドが二種類。ほろ苦系のノスタルジック・ブレンドと甘くまろやかなラヴァーズ・ブレンド。紫音はラヴァーズ・ブレンドとフレンチトーストを頼んだ。

（いい感じのお店だわ）

照明はやや薄暗く、レトロシックなインテリアが落ち着いた雰囲気を醸し出している。

コーヒーもフレンチトーストも美味しくて、すっかり紫音は満足した。

（いいな、ここ。ずっと居たくなっちゃう）

漆喰の壁に嵌め込まれた小さなステンドグラスも素敵だ。テーブルに置かれたブリキのランタン。お水のコップはぽってりとした質感の、わずかに青みがかったリサイクルガラスだ。

まったりしているうちにカフェは満席になり、待っている客がいることに気付いて紫音は席を立った。

（インテリアコーナーも見ていこうっと）

今は実家から大学に通っているが、就職したら一人暮らしがしたいと思っている。今は和室に布団なので、フローリングにベッドを置きたい。

まだ就職先どころか分野も未定なのに、紫音はわくわくしながら家具を見て回った。

（どれも素敵～。でも……やっぱりけっこうお高いな！）

安い合板ではなく天然木を使って丁寧に作られている。見たところヴィンテージ風やレトロな味わいのある商品が揃っており、もともとそういうのが好みの紫音はどれも欲しくなってしまう。

（あ～、このデスクライトもいいな。こっちの小さな本棚も）

でも今あんまりお金ないのよね～と溜め息をつく。

就職したら絶対買おう！　その前に、ちゃんと就職できるかどうかが問題だけど……。

ふぅ、と溜め息をついた紫音は、キッチン用品のコーナーでふと足を止めた。

（あ。このコップ、カフェで出てきたのと同じだ）

改めてよく見れば、コーヒーのカップ＆ソーサーや、フレンチトーストの載っていたお皿もある。カトラリーやテーブルに置かれていた小さなブリキのランタンも。

（へぇ〜。全部ここで買えるのね）

店内を隅から隅まで見て周り、結局紫音はリサイクルガラスのコップをひとつ買うことにした。欲しいものはたくさんあるが、一度に買うよりひとつひとつ揃えたほうが達成感を味わえる。

（ま、予算的に一度には買えないけどね〜）

店名のスタンプが押されたクラフト紙の小さな袋を受け取り、いい気分で紫音は店を出た。

それから最低でも週に一度、紫音は〈ノスタルジック・ラヴァーズ〉を訪れるようになった。

なんとなく秘密にしておきたくて誰にも教えず、ひとりでふらりと立ち寄る。最初に案内された角席は人気があるようで三回に一回くらいしか座れないが、どの席も少しずつ違っていて楽しい。

インテリアのほうを見ていくのも楽しみだった。ほとんど見るだけだが、たまには手の届く範囲で小物を買ったりもする。

最初に買ったコップはペン立てとして使っている。

ある日、会計時に紫音は『アルバイト募集』の張り紙に気付いた。この前来たときにはなかった。心が動いたが、ちょっと考えてからにしようとそのまま店を出た。

nostalgic blend

月嶋孝仁は〈ノスタルジック・ラヴァーズ〉店内を、商品をさりげなく手にとって眺めたりしながら目立たぬように歩き回っていた。

休日の午後。人出が多そうな時間帯をわざと選んだ。

ふだんは邪魔にならないようわけてある前髪を下ろし、角張ったセルフレームの眼鏡をかけ、服装もカジュアルなものにしている。

これならツキシマの社員であるスタッフに出くわしても身バレしないですむだろう。

〈ノスタルジック・ラヴァーズ〉が開店して三か月。

まずは計画どおりカフェ部門の客足は好調だ。

数種類のコーヒーと紅茶、スイーツと軽食を提供し、開店から閉店まで客が途切れることはない。

ドリンクとスイーツはテイクアウトにも対応している。

来店する客は今のところカフェ目当てが多く、実は家具店だという認識は薄い。それでも大抵の客は来たついでにインテリアショップにも足を運ぶ。

真に売りたいのは家具類だが、手頃な価格のインテリア雑貨やキッチン用品、リネン類なども揃え、そちらの売上も堅実に伸びている。

モノではなく、世界観を売りたいというのが孝仁の考えだった。

客が買うのは商品であっても、実際に欲しいのはモノそのものではない。それを使うことで得られる生活の質《QOL》の向上や満足感だ。

モノの背後にある物語《ストーリー》が、ブランドの世界観となる。

〈ノスタルジック・ラヴァーズ〉はレトロシックを基本コンセプトに、郷愁や癒しを感じさせる上質な生活道具全般を提案しようという企画だ。

ツキシマはもともと高級家具を扱っていたが、時代の好みや生活スタイルの変化により、若い世代への訴求力が落ちている。

当初、〈ノスタルジック・ラヴァーズ〉のメインターゲットは、そこそこ経済力があり、なおかつ仕事や人づきあいでストレスが溜まり気味の二十代後半〜四十代の独身男女もしくは共働きで子どものいない夫婦だった。

しかしカフェを見る限り二十代前半と思《おぼ》しき若い女性客も多い。

雑貨類も若い世代によく売れている。

ベッドやチェスト、ソファなどは、いわゆる『男前』とか『カフェ風』『ブルックリン風』と言われるデザインが揃っており、三十前後のキャリア系の独身女性が購入していくケースも目立つ。

ざっくりした風合いのファブリック類も人気があり、季節に合わせて新商品を投入する予定だ。

孝仁は暇を見ては実店舗の視察に来ている。店長からの報告もつぶさに読んでいるが、やはり自分の目で確かめたいという気持ちが強い。

大学卒業後に入社した外資系コンサルティング会社を辞め、実家の経営する月嶋家具に戻って一年。祖父や両親のもとで経営に携わりながら、自ら立ち上げた新たな自社ブランドが〈ノスタルジック・ラヴァーズ〉だ。

社内では御曹司の道楽と捉えるむきもある。祖父の意向でまずは好きにやらせてもらっているが、この第一号店を成功させて新たな顧客を開拓したい。

同族経営の会社ゆえ、よほどのことがなければ孝仁はいずれ経営のトップとして会社を率いていくことになる。

そのために法律や経営を学び、早くから外資系コンサル会社にインターンシップで入った。正式入社時にはすでにある程度の実績があり、そのため昇進も早かった。

若いうちは外で働きたいという希望を、祖父も両親も承諾してくれた。

コンサルティングの仕事はおもしろく、やりがいもあって、もう少し続けたかったというのが正直なところだ。しかし、家業が傾きがちなのを放ってはおけない。

ツキシマに入るにあたって、ひとつだけ孝仁は条件というか希望を出した。

多業種展開を念頭に、新しい自社ブランドを立ち上げる。その指揮をとりたい、と。

それで新設されたのが『独自ブランド推進企画室』だ。

大所高所からの判断をする前に、まずは地に足を着けた仕事がしたかった。

自ら企画し、現場の人間と遣り取りしながら、長く愛される物語《ストーリー》を持ったブランドを作りたいと思ったのだ。

この一年、経営に携わりつつブランドの企画も練った。休みもろくに取れない激務だったが、長年かわいがった愛犬を亡くした喪失感をどうにかそれで埋めていた。

〈ノスタルジック・ラヴァーズ〉というブランド名も、愛犬の写真を眺めてしんみりしているときになんとなく思い付いたのだった。

そのうちペット用品シリーズも打ち出したい。犬小屋とか、おしゃれな首輪やネームプレートとか。そのためにも、何がなんでもこの一号店を成功させなければ！

孝仁は部屋のようにディスプレイされた家具を眺め、考えた。

（きちんとしすぎてるかな。何かこう、誰か実際に住んでる感を出したいところだが……）

生活感というより、空気……気配のようなもの。

つい今し方まで住人がいた、みたいな。そういう気配も郷愁感《ノスタルジア》に一役買いそうな気がする。

どうやったら生活くさくなく、それを演出できるだろうか。

考え込んでいると、店員が寄ってきて、『何かお悩みですか』と声をかけてきた。見たことはあるが直接話したことのないスタッフだ。

バレないとは思うが用心してあまり顔を向けないようにして、さりげに売れ筋などを聞いてみた。

オーガニックコットンのシーツや枕カバーは素朴な風合いと手触りのよさで人気があるそうだ。

そういえばこれは自分で使ったことがなかったな、と一枚買ってみる。

カフェに空席があったので、コーヒーの味もチェックしておこうと立ち寄ることにした。

ノスタルジック・ブレンドを頼み、ゆっくりと味わう。

（うん、悪くない）

監修を依頼したバリスタと何度も協議を重ね、社内外で試飲アンケートも取って決まったブレンドで、一杯ずつハンドドリップで淹れている。

二種類のうち、どちらかといえば苦みの強い深煎りのノスタルジック・ブレンドのほうが孝仁の好みだ。

（自分でプロデュースした店だと思うと、やっぱり嬉しいものだな）

客の入りは好調だが、まだ開店まもない物珍しさというのも大きいだろう。

今後これがどうなるか。

思惑どおりカフェからインテリアショップのほうへ客を誘導できるだろうか。

祈るような心持ちで、孝仁はレジへ向かった。

現金で支払いを済ませ、出口へ向かうと、ちょうど入ってきた若い女性と軽く接触した。

「あ、すみません」

女性がぺこりと頭を下げ、いいえと会釈を返す。

ドアを開けると、彼女がレジのスタッフに話しかける声が聞こえてきた。

「あの、アルバイトの件でお伺いしたいのですが……」

ちらと振り向くと、肩にかかるくらいの黒髪の女性が、背筋をピンと伸ばしていた。

学生だろうか。〈ノスタルジック・ラヴァーズ〉のロゴ入りトートバッグを肩から提げている。

ふ、と微笑んで孝仁は店を出た。

何故か胸のあたりが、いつまでもほんわりとあたたかかった。

あとがき

こんにちは。このたびは『スパダリ鬼上司にガッツリ捕獲されまして。いきなり同棲♡甘々お試し婚』をお手にとっていただき、まことにありがとうございました。

楽しんでいただけましたでしょうか？

ガブリエラブックス様では二冊目。今回は現代ものです。

作者は基本的にヒストリカルを書いているのですが、昨年末に出していただいたガブリエラ文庫プラス『めちゃモテ御曹司はツンデレ万能秘書が可愛くってたまらない』に続いての現代ものとなりました。

前回のヒロインはバリキャリ秘書。対照的に今回はちょっとそそっかしい、小動物的ながんばりヒロインちゃんです。

そんなヒロインを、○○に似ている！　という思い込みからついつい気にしてしまう鬼上司が今回のヒーローです。

以前から和服ヒーローいいなと思っていたんですが、普段から着物姿というのも職種が限られます。

それで家では和服派ということにして、せっかく和装させるならそれらしい趣味を……ということで茶道を取り入れてみました。

昔々ちょっとだけ茶道を習ってたことがあるのですが、あまりに昔すぎてほとんど覚えてません。

また機会があったらやってみたいですね。

今回の素敵挿絵は壱也先生にお願いしました。

主役ふたり髪形の異なるキャララフを各二種類いただきまして、ヒーローは額が見えてたほうが理知的でいいかなと、そちらでお願いしたのですが、前髪ありのほうも捨てがたく、番外編に出てくる数年前の彼はこちらの髪形をイメージしながら書きました。

まだ表紙しか拝見していませんが、挿絵指定箇所からしていろいろと楽しみです。

どうもありがとうございました！

よろしければご感想などお聞かせいただけると嬉しいです。

本作の刊行にあたりご尽力いただきました皆様と読者の方々に厚く御礼申し上げます。

またいつかどこかでお目にかかれますように。

小出みき

辺境の姫ですが皇后にされそうです！
藍井恵
藤浪まり
覇王の激愛は止まらない!?
ガブリエラブックス

ガブリエラブックスをお買い上げいただきありがとうございます。
小出みき先生・壱也先生へのファンレターはこちらへお送りください。

〒110-0016　東京都台東区台東4-27-5（株）メディアソフト
ガブリエラブックス編集部気付　小出みき先生／壱也先生　宛

gabriella books

MGB-046

スパダリ鬼上司にガッツリ捕獲されまして。

いきなり同棲♡甘々お試し婚

2021年11月15日　第1刷発行

著　者　小出《こいで》みき

装　画　壱也《いちや》

発行人　日向晶

発　行　株式会社メディアソフト
〒110-0016
東京都台東区台東4-27-5
TEL：03-5688-7559　FAX：03-5688-3512
http://www.media-soft.biz/

発　売　株式会社三交社
〒110-0016
東京都台東区台東4-20-9 大仙柴田ビル2階
TEL：03-5826-4424　FAX：03-5826-4425
http://www.sanko-sha.com/

印　刷　中央精版印刷株式会社

フォーマットデザイン　小石川ふに（deconeco）

装　丁　吉野知栄（CoCo. Design）

ISBN 978-4-8155-4069-2